Deutsche Ornithologen-Gesellschaft

Bericht über die Versammlung der Deutschen Ornithologen-Gesellschaft

Antigonos

Deutsche Ornithologen-Gesellschaft

Bericht über die Versammlung der Deutschen Ornithologen-Gesellschaft

Unveränderter Nachdruck der Originalausgabe von 1869.

1. Auflage 2024 | ISBN: 978-3-38612-946-6

Antigonos Verlag ist ein Imprint der Outlook Verlagsgesellschaft mbH.

Verlag: Outlook Verlag GmbH, Zeilweg 44, 60439 Frankfurt, Deutschland, info@outlook-verlag.de
Vertretungsberechtigt: E. Roepke, Zeilweg 44, 60439 Frankfurt, Deutschland
Druck: Libri Plureos GmbH, Friedensallee 273, 22763 Hamburg, Deutschland

Bericht

über die

XVII. Versammlung

der

Deutschen Ornithologen-Gesellschaft.

Cassel.

Verlag von Theodor Fischer.

1869.

Bericht

über die

XVII. Versammlung

der

Deutschen Ornithologen - Gesellschaft.

Cassel.

Verlag von Theodor Fischer.

1869.

Präsenzliste.

1. Herr Prof. **Dr. Altum,** Münster.
2. „ Custos **Beckmann,** Cassel.
3. „ **Beinhauer,** Cassel.
4. „ Prof. **Dr. Blasius,** Braunschweig.
5. „ Oberförster **Dr. Borggrewe.** Münden.
6. „ Baron **F. von Droste,** Geschäftsführer der Gesellschaft.
7. „ Frhrr. **M. von Droste-Hülshoff,** Nottuln.
8. „ Bankdirector **Ehmer,** Dessau.
9. „ Kammersänger **Föppel,** Dessau.
10. „ Superintendent **Gueinzius,** Prödel.
11. „ Hofrath **Dr. Th. von Heuglin,** Obertürkheim.
12. „ **B. Hötte,** Münster.
13. „ Kammerherr Baron **R. von König - Warthausen,** Warthausen.
14. „ Oberförster **Padberg,** Münster.
15. „ Postdirector **Pralle,** Hildesheim.
16. „ Oberförster **F. Renne,** Schloss Lembeck.
17. „ Rittmeister **Graf von Schlippenbach,** Cassel.
18. „ **Dr. Schwaab,** Cassel.
19. „ **Dr. Tenckhof,** Paderborn.

4

20. Herr Inspector **Wiepken,** Oldenburg.
21. „   **Dr. med. Windemuth,** Cassel.
Durch kurzen Besuch beehrten die Versammlung die Herren:
Herr Reg.-Präs. Frhrr. **v. Hardenberg.**
„   Lieuten. **v. Richthofen.**
„   Forstcandidat **Gass.**
„   „   **Martin.**
„   „   **Scladitz.**
Durch schriftliche Vollmacht hatte sich vertreten lassen:
Herr Frhrr. **Ferd. von König-Warthausen** auf
Schloss Vaxenfeldt bei Ulm.

Vorsitzung.

Am Nachmittage des 18. Mai sah man eine buntgemengte Gesellschaft zur Casseler Au hinabsteigen. Es waren die bereits angelangten Theilnehmer der Ornithologen-Versammlung, welche lachend und scherzend in den reizenden Park hinabstiegen und endlich auf vielen krummen Wegen bei der Gartenwirtschaft anlangten. Leider kümmerte die Ungunst der Witterung den Genuss und die leidenschaftlichen Freunde der frischen Natur waren gezwungen im Saale Schutz zu suchen.

Der Geschäftsführer Baron Droste eröffnete die Sitzung, hiess die Gesellschaft herzlich willkommen und verkündete aus manchem fernentlegenen Orte Grüsse eines Freundes, der am Kommen verhindert war. Es waren Briefe eingelaufen von:

Léon Olph-Galliard, Lyon.

Dr. H. Zander, Barkow, Mecklenburg.

Major Kirchhoff auf Schäferhoff, Hannover.

Dr. A. v. Pelzeln, Wien.

Dr. Jul. Hoffmann, Stuttgart.

Dr. Gust. Hartlaub, Bremen.

J. P. van Wickevoort-Crommelin, Haarlem.

W. Meves, Stockholm.

Baron v. Hövel, Herbeck, Westfalen.

Die Versammlung bedauert die Herren nicht in ihrer Mitte zu sehen und sendet ihnen herzliche Grüsse zurück.

Anknüpfend macht B. Dr. Mittheilung über ein paar im Druck befindliche Werke.

------

1. **Ornithologie Ostafrika's.** Von Dr. Hartlaub u. Dr. Finsch.

Das Werk, von dem die sehr spannende Einleitung vorliegt, wird 35—40 Bogen stark (Quart) und wird für jeden Ornithologen, wenn er sich auch ausschliesslich mit den europäischen Vögeln beschäftigt, von

6

höchstem Interesse, und jedem, der sich mit der geographischen Verbreitung beschäftigt, unentbehrlich sein.

2. Reise auf dem weissen Nil. Von Dr. v. Heuglin.
(Leipzig. Winter.)

Der berühmte Verfasser gibt uns in derselben einen neuen Schatz origineller Lebensbeobachtungen, vornehmlich über Säugethiere.

3. Oiseaux de la France par Olph Galliard.

Unser ornithologischer Freund sucht dem lange gefühlten Bedürfnisse nach einer guten critischen Uebersicht der Vögel Frankreichs abzuhelfen. Man bedauert nur, dass die Abschnitte über Vaterland, sowie über Vorkommen in Frankreich nicht specieller behandelt sind.

Fortfahrend trägt B. Dr. einige Beobachtungen des Herrn Pf. Bl. Hanf zu Mariahof in Obersteiermark vor.

(Aus Sep. Abz. der Verhandlung. der Z. B. Gesellschaft Wien und des Naturwissenschaftlichen Vereins zu Steiermark.)

Am 11. und 12. November 1863 bot sich mir am Furtteiche ein Anblick dar, wie ich solchen noch nicht erlebte, der an nordische Gegenden erinnerte. Unter den gewöhnlich hier durchziehenden Enten, welche in Gesellschaft abgetheilt den Teich belebten, war auch die *Anas fusca* in 3 Exemplaren, dann die zum Theil am Morgen anwesenden, zum Theil in geschlossenen Massen anlangenden, dann sich auflösend, einzeln einfallenden und wieder einzeln aufstehend, zu Massen weiterziehenden Polarseetaucher *Colymbus (Eudytes) arcticus* von einigen *septentrionalis* begleitet. Es mögen damals wol bei 50 Stück Polarseetaucher den Teich belebt haben, unter denen kein einziges Exemplar das Sommerkleid trug, doch war auch nicht ein alter Vogel, welcher nicht noch einige Ueberbleibsel namentlich noch einige fensterartig gezeichneten Schulter- und Rückenfedern getragen hätte. Da viele Wasservögel ihre Stimme nur in grösserer Gesellschaft oder in ihrer Heimat hören lassen, so war es für mich ein seltener Genuss, hier den Ruf dieser Fremdlinge zu hören. Da hörte ich das froschartige Gequake der Nachtreiher, welches sie im Auffliegen ausstiessen, das unkenartige Gemurmel der Polarseetaucher, wenn sie in gedrängter Gesellschaft ganz nahe meinem Verstecke vorbeischwammen und die schmetternde Lockstimme, welche, wie mir schien, der rothkehliche Seetaucher noch kurz vor dem Einfallen hören liess.

Am 12. Januar und 24. November erhielt ich 2 der sehr seltenen Habichtseule (*uralensis*). Erstere hatte nichts, letztere nur Mäuse im

Magen. Ihre Färbung macht den Gesammteindruck von Lichtgrau, sodass sie für Schneekautze gehalten wurden.

Sodann glaubt Herr Hanf für die Selbständigkeit von *Anthus rufogularis* auftreten zu müssen, von welchem er 8 Exemplare erlegt hat. Die angegebenen Unterschiede der Lebensweise sind zu diminutiv.

Auch für die Selbständigkeit von *Phyllopneuste sylvestris* tritt Hanf auf, weil er an einer Stelle Laubsänger singen hörte, deren Lied mit der Melodie der *S. trochilus* begann und mit der der *rufa* endete.

Endlich liefert H. eine Zusammenstellung der bei ihm observirten Leucismen und Melanismen.

Herr van Wickevoort Crommelin hatte die Freundlichkeit, allerlei hübsche Mittheilungen einzureichen.

In den Niederlanden sind bisher folgende hybride Wasservögel observirt worden:

3 ♂ *An. boschas* et *acuta*. Mus. Crommellini.

2 ♂ derselben, nicht conservirt.

1 ♂ *An boschas* et *crecca?* M. Cromm. (strepera?).

1 ♂ derselben, Mus. Lugd.

1 ♂ *An. boschas* et *Rhynch clypeata*. M. Cromm.

1 ♂ *An. acuta* et *penelope*. Mus. Lugd.

1 ♂ *An. acuta* et *strepera*. Past. Brown. Rotterdam.

1 ♂ et ♀ *Ful. ferina nyrocca*. Naumannia abgebildet. Rotterdam. *Anser domest.* et *Cygnus olor.* Mus. Cr. u. lebend.

Von den Hybriden von Schwan und Gans kann ich folgendes berichten. 1 ♂. und 2 ♀ erlangten ihre volle Ausbildung. 1 ♀ war unfruchtbar. Das ♂ paarte sich mit dem andern, sowie auch mit der alten Gans. Aus den Eiern der letztern kamen ächte Gänse. Die Hybride legte zwar eine Menge Eier, wollte indess nicht brüten. Aus einigen ihrer Eier wurden durch die alte Gans Junge ausgebrütet, die nur wenig grösser als ächte Gänse waren, übrigens aber gleich jenen. Derselbe Bastart legte auch in diesem Frühjahre etwa 30 Eier, ohne zu brüten. Späterhin begann sie zu brüten, nachdem sie wahrscheinlich von einem Schwane befruchtet war.

Die Ankunft der Zugvögel betreffend sind hier in Holland in diesem Jahre merkwürdige Beobachtungen gemacht worden. Die Vögel, welche insgemein anfangs März anlangen, wie Störche und Kiebitze, kamen erst Ende des Monats. *Tot. calidris, Limosa melan. Machetes, Phyll. rufa* kamen erst im April. Dagegen erschienen die Vögel, welche im

April anlangen, zur richtigen Zeit, ja mit der grossen Wärme der 2. Hälfte April erschienen einige, die sonst nicht vor Mai gesehen werden, wie *Cal. phragmitis Sterna hirundo, Sylv. hortens., Cypselus etc.* Einige Wintervögel blieben dagegen lang. So habe ich noch am 3. Mai einen *Buteo lagopus* erhalten.

Hieran knüpfen Altum und Borggrewe analoge Beobachtungen über den diesjährigen anormalen Vogelzug.

Unterdess stapfte man mit der eintretenden Dunkelheit nach Cassel und zum Hotel zurück und nachdem noch die Freunde vom fernen Württemberg und Oldenburg angelangt waren, vereinigte bald das gleiche Bedürfniss die Ornithologen um den langen Tisch, um practische Gasterologie zu treiben. Ein gleich ungezwungener Humor wie im vorigen Jahre beherrschte das Souper, doch wo man auch hinlauschte, überall vernahm man anregende Gespräche und Erzählungen, welche durch die Muse des Witzes doppelt interessant gemacht wurden.

Sodann legte B. Droste unter referirenden Worten der Versammlung verschiedene ornithologische Werke vor, welche theilweise von den Verfassern eingesandt waren. (Siehe Anlage I.)

Wiepken verliest im Namen des Herrn Major Kirchhoff ein Referat über das soeben erschienene Werk „Die Vogelwelt der Nordseeinsel Borkum von Baron Droste". (Siehe Anlage II.)

Altum drückte seine Freude über eine zweite von einem practischen Beobachter verfasste Schrift aus, über „die Vogelfauna von Norddeutschland von Dr. Borggrewe". Der Verfasser, ein ächter Nestflüchter, der als Forstmann in allen Provinzen unsers Staates Gelegenheit hatte, die gefiederten Freunde im Freien zu beobachten legt in derselben, unter Benutzung der ihm zu Gebote stehenden Literatur, diese seine Beobachtungen nieder und hat sich dadurch den Dank aller Freunde heimatlicher Vogelkunde erworben.

Mittwoch, 19. Mai.

Schon zeitig drängte es die Vogelkundigen den Morgenimbiss

einzunehmen, denn die Tagesordnung für heute war gar sehr gefüllt.

Baron D r o s t e eröffnete die Sitzung, zu welcher sich einige Gäste eingefunden hatten und begann selbst mit demonstrativen Bemerkungen. Zuvörderst spricht er, (3 ausgestopfte Exemplare vorzeigend) über 2 constant verschiedene Formen des *Numenius arcuata*, welche die ostfriesische Küste frequentiren. Der „Wattbrachvogel", welcher sich durch Grösse auszeichnet und sich von Crustaceen nährt, und der kleinere, einheimische „Landbrachvogel". Er referirt nebenbei über die verschiedenen Formen des *Numenius arcuata* und gibt eine kurze Uebersicht über alle Arten der Gattung Numenius. (Siehe Anlage III.)

A l t u m. Seit 30 Jahren kamen die langschnäbeligen Brachvögel im Münsterlande vor und nisteten auch bei Grewen. Die kurzschnäbeligen hätte er und Andere früher für *phaeopus* gehalten.

W i e p k e n. Auch bei Oldenburg nisteten erstere.

P r a l l e. Bei Hildesheim beide Formen.

B. D r o s t e. Wenn man nicht sofort die Maasse genommen, könne man sich später nicht auf sein Gedächtniss verlassen. Er habe alle Brachvögel gemessen, welche er in Museen vorgefunden, aber nirgends so abnorm lange Schnäbel gefunden. Der längstgeschnäbelte Brachvogel des Leydener Museums trage einen $5\frac{1}{2}''$ langen Schnabel. Ein Paar, welches bei Grewen genistet, trug Schnäbel von $4\frac{3}{4}$ und 5 Zoll Länge. Die Möglichkeit, dass jene Wattbrachvögel durch das Innere des Landes wanderten, bestreite er auch nicht, nur glaube er nicht, dass diese Form bei uns niste, vielmehr im Nordosten heimisch sei.

B o r g g r e w e fand Droste's Ansicht auf Sylt bestätigt. Auch dort führten die Wattbrachvögel die gleiche Lebensweise und waren ihre Mägen ausschliesslich mit kleinen Krabben gefüllt.

W i e p k e n an der oldenburgischen Küste streichen die Nistbrachvögel allabendlich auf's Watt hinaus.

B. D r o s t e fährt fort: Die älteren Autoren legen dem

Austernfischer Haematopus ein besonderes Kennzeichen für das Winterkleid zu, die späteren jedoch streiten ihm dasselbe ab. Schon auf der Nienburger Versammlung glaubte ich mich für das Winterkleid aussprechen zu müssen und habe seitdem gar viele Winterkleider in Händen gehabt. Im letzten Herbste fing ich u. A. einige und 30 St. in Stellnetzen, von denen ich den Herren etliche vorlege. Das Winterkleid ist allerdings durch dasselbe weisse Halsband ausgezeichnet, welches das Jugendkleid trägt. Zum Vergleiche lege ich ein e r s t e s Winterkleid (nach Naumann) bei. Sie sehen bei demselben die noch nicht abgestumpfte und dunkle Schnabelspitze. Der Austernfischer bekundet so seine nahe Verwandtschaft mit den Charadrien, welche alle im Winterkleide auf das Jugendkleid zurückgehen. Ich erinnere z. B. an *Squatarola* und *Strepsilas*, von denen ich zufällig Winterkleider vorlegen kann.

B. D r o s t e legt sodann eine Anzahl Mauserexemplare vor als Beweisstücke gegen die Schlegel'sche Umfärbungstheorie. Ich wollte dieselben eigentlich als Gegenbeweise gebrauchen gegen Freund Altum, welcher, vor einiger Zeit von einem Vortrage sprach, den er zu Gunsten der Schlegel'schen Theorie zu halten beabsichtigte. Leider hat derselbe sein Material nicht ordnen können und so müssen sich die Herren mit meinen spärlichen Notizen begnügen. B. Dr. weisst sodann eine grössere und geringere Anzahl neu hervorspriessender Federn nach an Uebergängen zum Hochzeitskleide von *1 Larus marinus, 3 Anas boschas, 2 Limosa rufa, 1 Calidris arenaria.*

Es entspinnt sich eine heftige Debatte, an welcher sich ausser Droste die Herren Altum, Borggrewe, Blasius, Wiepken, Heuglin, Pralle und Padberg betheiligen, von denen nur Blasius auf Seite des Sprechers trat.

Baron K ö n i g - W a r t h a u s e n gibt sodann eine Uebersicht über die Eier der Seeschwalben und legt zur Veranschaulichung die Eier von 22 Arten vor, welche sich in etwa 500 St. in seiner überaus reichen Sammlung befinden. (Siehe Anlage IV.)

Hötte und B. Droste hatten ebenfalls Suiten der Sterna-Eier mitgebracht und in der Sammlung des Grafen Schlippenbach befanden sich einige seltenere Stücke zur Stelle.

Anknüpfend legt Wiepken ein paar sehr schöne Eier des *Totanus fuscus* und der *Telmatias gallinula* aus Lappland vor.

Hofrath von Heuglin zeigt sodann der Versammlung unter anziehenden, erläuternden Worten einen Theil seiner Originaltafeln In der That, wenn man auch nicht die wissenschaftlichen Arbeiten dieses Afrika-Reisenden gelesen hätte und nicht wüsste, in wie hohem Grade sie sich durch Gründlichkeit auszeichneten, aus diesen wunderbaren Landschaftsbildern, aus den Thier- und Vögeltafeln, aus den Karten etc. allein müsste man begreifen, warum der Ruhm des Herrn v. Heuglin als Zoologe, Geograph, Archäologe und Numismatiker weit über die Gränzen Europas hinausreicht. Sämmtliche vorgelegte Landschaftsbilder, herrliche Erinnerungen der grossartigen Reise wurden an Ort und Stelle angefertigt, oft in der unbequemsten Lage und unter allerlei neckenden Zugaben. Auf keinem wurde in Europa ein Federstrich verändert. Es kann nicht genug anerkannt werden, dass ungeachtet pecuniärer Opfer der Verfasser sich bemüht, einen Theil dieses Bilderschatzes der wissenschaftlichen Welt, in seiner Ornithologie Nordostafricas zugänglich zu machen. Fernerhin unterbreitet Herr v. Heuglin der Versammlung, im Namen des Verlegers Fischer, eines sich lebhaft für die Wissenschaft interessirenden Mannes die Lieferung 1. et 2 obigen Werkes, sowie die von Heuglin gezeichneten Vogeltafeln des v. d. Decken'schen Reisewerkes.

Demnächst erzählt F. Renne in einem „Stück Rohrsängergeschichte" seine interessanten Beobachtungen über *Locustella*. (Siehe Anlage V.).

B. Droste bemerkt dazu, dass diese Art auch in den Niederlanden brüte und zwar fand er sie in den feuchten Niederungen der Dünen bei Wassenaar, wo saure Gräser mit kurzem Krüppegesträppe wechseln. Nach andern soll sie auch in den noch weitläufigeren Dünen bei Haarlem und Zandvoort vorkommen.

Pralle fand sie häufig in Wiesen und Kornfeldern bei Hildesheim. Beim Schwirren liessen sie Schwanz und Flügel hängen und bliesen die Kehle sehr auf. Sie schwirrten vorzugsweise in Dämmerstunden.

Pralle explicirt sodann die Baldamus'sche Methode Eier auszublasen.

Beckmann legt ausländische Vogelbälge vor.

Der Geschäftsführer zeigt im Auftrage des Präparators Windau zu Münster eine gescheckte Varietät des *Turdus pilaris*, welche auch als sehr hübsch gestopft anerkannt wird.

Indem mittlerweile die Zeit sehr weit vorangerückt war, verschob man den noch auf der Tagesordnung stehenden Vortrag des Baron Droste über die Vertretung der Vogelwelt am Nordpol. (Siehe Anlage VI.). Dagegen nahm man die Verauctionirung der von Dr. Krüper eingesandten Vogelbälge und Eier vor.

Nachdem man sich nun durch ein einfaches Diner erquickt hatte, fuhren die Ornithologen unter liebenswürdiger Führung des Dr. Schwaab zur Wilhelmshöhe hinauf. Das sonst so launige Wetter der Pfingstwoche begünstigte sie bei diesem Ausfluge, so dass man die grosse Schönheit der Natur, die unvergleichlichen Gruppirungen der Holzarten, den Wechsel von Wald und Wiesengründen mit ganzer Seele geniessen konnte. Auch die herrlichen Wasserfälle übertrafen die Erwartung der hier noch unbekannten Theilnehmer. Am besten befriedigt musste aber der Menschenfreund sein, denn es bot sich ihm eine wunderbar günstige Gelegenheit dar, umfassende Studien über lügnerische und wirkliche Körperschön- und Hässlichkeit besonders beim zarten Geschlechte zu machen. Doch allzuviel Kunst ermüdet den nüchternen Ornithologen, wesshalb es nicht Wunder nehmen darf, dass einer nach dem andern sich beim Moccatische einfand und sich plaudernd in erlebten Abenteuern vergnügte. Sicherlich lacht mancher noch, wenn er an all' die komischen Erzählungen zurückdenkt, wesshalb auf dem Krakauer Zollbüreau keine Frösche verzollt werden, oder wie der Wiener Wirt sich dem Menagerie-Besitzer vorstellt etc.

etc. Den Heimweg zog man vor, zu Fuss zurückzulegen, wobei man in einer kleinen Eiersammlung eines Tischlers Gelege von *Falco peregrinus*, *Regulus cristatus* und *ignicapillus* fand, welche auf der Wilhelmshöhe ausgenommen waren. Man sprach auch beim Herrn Präparator Beckmann vor und nahm dessen ziemlich reichhaltige Sammlung meistens recht hübsch gestopfter Vögel in Augenschein. Der Abend verging leider nur zu schnell unter interessanten Gesprächen, wozu die drei Africa-Reisenden v. Heuglin, Graf Schlippenbach und Hr. Beinhauer nicht wenig beitrugen. B. Droste fuhr fort, ornithologische Schriften vorzulegen und zu besprechen.

Donnerstag, 20. Mai.

Wie gestern begann die Sitzung schon am frühen Morgen. B. Droste reicht seine Rechnungslage ein. Es wurde eine Revisionscommission, bestehend aus den Herren Ehmer, Hötte, Wiepken, gewählt, welche die Rechnung prüfte. — Sodann berichtet B. Droste über seine Versuche zu einem Ausgleiche mit dem ehemaligen Secretair Dr. Baldamus, verliest dessen Schreiben sowie Abschriften seiner eignen Briefe. Die Versammlung beschliesst das Gesellschaftssiegel nebst ihrem übrigen Eigentume, welches Dr. Baldamus noch in Besitz hat, nochmals und zwar zum letzten Male zurückzufordern. Uebrigens wolle man es seiner Ehre überlassen, ob er noch fernerhin fremdes Eigentum zurückhalte.

Fernerhin referirt B. Droste über das Naumannsdenkmal, die Naumannsstiftung und die Gesellschaftsbibliothek. Derselbe verliest zu dem Ende verschiedene Stellen alter Versammlungsprotokolle, während Herr Ehmer über momentanen Bestand und Thätigkeit des sog. Landescomites berichtet. B. Dr. entwickelt, dass nach der Intention der Anlage die Bibliothek nicht von der Naumannsstiftung zu trennen sei, dass fernerhin der Umstand einer Nicht-Existenz dieser projectirten Naumannsstiftung, der Gesellschaft daraus kein Dispositionsrecht über die Bibliothek gäbe. Die Verfügung über dieselbe stehe

allein dem Gründungs-Comite des Naumannsdenkmals, welches auf
pag. 81. I Naumanniae 1851 figurirt, oder dem später entstan-
denen Landes-Comite zu. Was das Naumannsdenkmal anlange,
so habe die Gesellschaft auch hier nicht das Recht einer Ein-
mischung. Baldamus habe sich wol gehütet, ein Wort in seinen
Berichten abzudrucken, woraufhin man ihn zu etwas zwingen könne.
Die Gesellschaft habe blind seiner Ehre vertraut, umsomehr da er
selbst es ja war, der im October 1850 mit hochtrabenden Worten den Grund zu dieser Idee legte. Bald würden 20 Jahre seitdem verflossen sein und das „einfache Denkmal aus Stein oder
Eisen" würde dann wol noch nicht den Manen unserer Altmeister
errichtet sein. Doch die Schmach davon falle nur auf den zurück,
der sich alles allein vorbehalten habe, der allein über die Ver-
wendung der Gelder berichten könne. — Es folgt eine lange Debatte, zu deren Schluss die Ausführungen des B. Dr. als richtig
anerkannt wurden.

Demnächst beantragt B. Dr. dem zeitweiligen Provisorium
ein Ende zu machen und neue Statuten anzunehmen. Man einigte
sich über die in Anlage VII enthaltenen §§.

Sodann wurde zur Neuwahl des vorsitzenden Geschäftsführers
geschritten und Baron Ferd. v. Droste auf Hülshoff ein-
stimmig wiedergewählt, welcher für das ihm geschenkte Vertrauen
seinen Dank ausspricht.

Baron König-Warthausen gibt in Bezug auf den Bericht
der Kieler Versammlung eine Erklärung ab und constatirt, dass
gegen seinen Willen seine damalige Erklärung an seine persön-
lichen Freunde in das Protocoll gekommen sei.

Ferner seien die auf seine Auctorität als *Tringa maritima*
erklärten Eier, solche der *Telmatias gallinago*, er habe die dar-
gebotenen Eier nur mit solchen der Tringa-Arten verglichen, weil
sie dafür ausgegeben wurden. 2. Seine grünlich-himmelblauen
Becassineneier stammten nicht aus Ungarn, sondern von den *Sa-*
mojeden Tundren, östlich Archangels. 3. Habe weder er noch
Heuglin zweierlei Raçen des Eleonorenfalken im Auge, sondern

die zwei specifisch gut getrennten Arten, den *F. Eleonorae Gené*
und *concolor Temm.* — Der Geschäftsführer bemerkt, dass er
dieselben auch nicht als Varietäten dargestellt habe.

Am Nachmittage besichtigte man unter freundlicher Führung
der HH. Dr. Windemuth und Graf Schlippenbach eine reichhaltige
Eiersammlung des Grafen Schlippenbach, sowie die naturhistorischen
Sammlungen des Museums und der Polytechnischen Schule. —
Der Abend wurde bei üblicher Bowle dem Frohsinn geweiht.
Witz und Sang übersprudelten allgemein. Mit grossem Danke
wurde ein jugendliches Jagdgedicht des Herrn Superintendenten
Gueinzius entgegengenommen, welcher mit trefflichem Humor Jag-
den beschrieb, die er in Gesellschaft Naumanns am Eisleber Salz-
see machte. Wol verflossen seitdem zwar viele Jahre, doch
kehrte der treffliche Humor unserm Freunde nicht den Rücken
und es steht zu hoffen, dass er uns im nächsten Jahre ein neues
Jagdgedicht zum besten geben werde.

Freitag, 21. Mai, Münden.

Auch an diesem Tage herrschte eine ungetrübte, fröhliche
Ausgelassenheit bei der Gesellschaft, welche nunmehr zu Münden
aus Armen und Frühstück des einen liebenswürdigen Wirtes in
Arme und Frühstück des andern fiel. Doch auch den wissenschaftlichen Augen wurde ein Hochgenuss geboten in der unüber-
trefflich gestopften und gestellten Sammlung Raub- und Jagdvögel
des Herrn Zollraths Glimmann. Grösstentheils (auch die seltensten
Stücke) wurden von dem liebenswürdigen Waidmann selbst erlegt.
Nach einem Spaziergange durch anmutige Waldpartien und
Wiesen machte ein solennes Diner mit launigen Toasten und Ein-
fällen den Beschluss der Versammlung, denn leider muss ge-
schieden sein. Sicherlich wird jeder Theilnehmer mit Freuden
zurückdenken an diesen Ausflug, an die genossene Liebenswürdig-
keit, an die sprudelnden Witze und an die reizende Natur, welche
ihn auf allen Seiten umgab. Und sicherlich spreche ich in der

Intention eines jeden, wenn ich unsern beiden Wirten zu Münden, dem Herrn Zollrath Glimmann und dem Oberförster Dr. Borggrewe aus treuem Herzen danke.

Der Geschäftsführer

der deutschen Ornitholog. Gesellschaft

Ferd. Baron Droste auf Hülshoff,

Münster in Westphalen.

Uebersicht

über ornithologische Publicationen des Jahres 1868,

welche die europäische Ornithologie berühren,

vom

Geschäftsführer der Gesellschaft.

1. **Journal für Ornithologie** von Dr. Jean Cabanis. Cassel bei Th. Fischer. 1868 mit drei schönen colorirten Tafeln und 1 Karte, verbessert durch einen übersichtlichen Index.

E. v. Homeyer, Bemerk. über *Turdus ruficollis, fuscatus, Naumanni etc.*

Derselbe, Beitr. z. Kenntn. d. V. Ostsibiriens. Ostsibirien ist für die europ. Ornith. ein höchst interessantes Land, weil eine Menge unserer Vögel den fernen Osten in constant verschiedenen Formen bewohnt. Die drei berühmten russischen Reisenden Middendorf, Schrenk und Radde haben in ihren grossen Werken ein wundervolles Material niedergelegt. Die vorliegende kritische Bearbeitung desselben durch Homeyer kann nicht genug anerkannt werden.

Dybowski et Parrex, Verzeichn. der V. von Darasun in Daurien. Werthvoll.

A. v. Pelzeln, die von Dr. Stoliczka im Himalaya und Tibet gesammelten Vögel.

Führt manche Europäer auf; vereinigt *Fregilus himalayensis Gould* mit *graculus, Pratincola indica Blyth* mit *rubicola.*

18

Ludwig Holtz, Brutvögel der Insel Gottland (Schweden), enthält
viele schöne und eingehende Beobachtungen.

Derselbe, die Insel Gottska Sandö, Ergänzung der vorigen
Arbeit.

Hintz, Jahresbericht aus Pommern.

Quistorp, *Anser leucopsis*, pag. 57, und Zug des Kranichs
etc. in Pommern, pag. 259.

Vogel, *Buteo tachardus*, am Züricher See erlegt, p. 329.

Derselbe, *Nucifraga carocatactis* brütet in der Schweiz.

Baron König-Warthausen, Fortpflanzung der *Caprimul-
giden*. Sehr gut. Vortrefflicher Literaturnachweiss.

E. v. Homeyer, zur Frage der Aechtheit der Kuckuckseier.

Derselbe, zur Frage, ob *F. peregrinus* eine Beute vom Wasser aufnehme.

A. v. Homeyer, *Fring. chloris* Höhlenbrüter.

Derselbe, wie gelangen junge Entchen aus der Höhe herab?

Altum, Morgenexcursion. Gemütliche Erzählung über das Er-
wachen der Vögel.

E. v. Homeyer, heftiger, grundloser Ausfall gegen Altums
Morgenexcursion. Viel Raum verschwendet.

K. Müller, Sperber Eichhörnchen jagend.

Derselbe, jagender *Lanius excubitor*. Sehr hübsch.

2. Der Zoologische Garten von Dr. Noll. Frankfurt a. M.,
Sauerländer.

E. Marno, Ergebn. einer Reise in N O.-Africa.

A. v. Homeyer, über irreguläre Wanderungen und über den
Haushalt einiger Vögel Europas. (Enthält zahlreiche werthvolle Mittheilungen.)

Bruhin, Periodische Erscheinungen in der Thierwelt von St.
Gerold. Gute Beiträge zur Fannua Vorarlbergs.

Derselbe, Zusätze.

Derselbe, Einfluss des Winters etc.

Röse, Erscheinnngen der Vogelwelt im Winter 1867/68 zu
Schnepfenthal.

R. Meyer, *Cursorius isabellinus*, bei Lemgo erlegt.

Krauss, Freileben des weissen Storches.

Jäckel, *Turd. pilaris*, nistet in Baiern.

Derselbe, zur Ausbreitung von *Fringilla serinus*.

Ausserdem wurden in diesser Zeitschrift überaus zahlreiche, hübsche Beobachtungen über Lebensweise und Verbreitung europäischer Vögel niedergelegt.

3. The Ibis a quarterly Journal of Ornithology by A. Newton. 1868. Herrliche Abbild. des *Erythropus amurensis*, der östlichen Form unseres *vespertinus*. Abbild. von *Glareola Nordmanni*.

C. Farman, on some Birds of Prey of Central Bulgaria. Enthält überaus interessante und werthvolle Mittheilungen über Lebensweise und Verbreitung. *Falco aesalon*, 1 Ex. erl., auf der andern Seite des schwarzen Meeres soll er häufiger sein und zum Fange der Wachteln abgerichtet werden.

A. C. Smith, a Sketch of the Birds of Portugal. Unbedeutend.

Tristram, On the Ornithology of Palestine. Der Verfasser liefert in seiner launigen Weise die Fortsetzung von den Finken bis zum Schluss. Wiederum giebt er in kurzen aber treffenden Worten Beiträge über die unzähligen europäischen Vögel, welche auf dem Zuge in Palästina vorsprechen, sowie über viele andere, welche sich dort häuslich einrichten.

Gurney, Notes on Layards Birds of South Africa. Ebenfalls für die europäische Ornithologie eine wichtige Arbeit, besonders als Ergänzung des trefflichen Büchleins Layards u. A. *Falco (vespertinus) amurensis. Pernis apivorus. Aegialites hiat. var. intermedius. Sterna cant. macrura syn. brachypus(?) Podiceps nigricollis.* Derselbe behandelt auch in seiner 8. (9?) Liste der Vögel von Port Natal einige Europäer. *Pratincola rubicola, Tringa minuta etc.*

Capt. Sperling veröffentlicht hübsche Beobachtungen über See- und Strandvögel, welche er zwischen dem Cap der guten

Hoffnung und Zanzibar beobachtete. *Thalassidroma pelagica melanogaster* sich ergänzend.

Wallace, on the Raptorial Birds of Malay Archipelago: *Falco peregrinus, Pandion leucocephalus, Circaëtos gallicus.*

Capt. Beaven, Fortsetz. der Notes on Indian Birds, behandelt ebenfalls eine Menge Europäer, *Sylvia orphea, Calobates sulphurea, Budytes citreola, Corydalla Richardi, Anthus cervinus, Oedicnemus crep. var. indicus, Sternula minuta.*

Browns Synopsis of the Birds of Vancover Island (Westküste Amerika's 48—50⁰ n. Br.), ebenso.

In der Liste der durch Dr. Cunningham an der Maggelanstrasse gesammelten Vögel befindet sich *Otus brachyotus.*

Sharpe, on the Genus Acredula, trennt die englische Schwanzmeise von der deutschen.

4. In den Proceedings of the Zool. Soc. of London 1868 finden wir nur einen Artikel, in welchem eine Reihe europ. Vogelarten behandelt wird, nämlich die zahlreichen in Indien vorkommenden Raubvögel in R. C. Beaven, on Indian Raptores.

Sclater and Salvin protestiren in ihren Noten on Peruvian Birds gegen die Vereinigung von *Aegialites nivosus* mit *cantianus*, weil letzterer zwischen Auge und Schnabel eine schwarze Linie trage, die ersterem fehle.

5. Revue Zoologique 1868. M. Marchand fährt fort, Dunenkleider europäischer Vögel abzubilden; wie früher lässt die Zeichnung vieles zu wünschen übrig, u. A. *Gall. Bailloni Otis tetrax, Anser leucopsis etc.* Sodann setzt derselbe vom Jahrgange 1867 seinen Catalogue des Oiseaux observés dans les départements d'Eure et Loir fort.

Olph Galliard theilt aus Jägarför bundets nya tidskrift 1867 mit, dass *Phalaris psittacula* 1860 in Schweden erlegt sei.

Grandidier gibt Notes sur les mamm. et oiseaux observés à Madagascar. Im Allgemeinen sind aber diese Beobachtungen in dem grossen Werke von Schlegel et Pollen weit vollkommener gegeben.

6. **Recherches sur la faune de Madagascar** par Schlegel et Pollen ein höchst interessantes und sehr wichtiges Prachtwerk mit vorzüglichen Abbildungen.

7. **Het Jaarboekje** van het Kon. Genootsch Natura artis magistra für 1868 enthält die anziehende Beschreibung einer Reise nach Lerwick in den Shetlandsinseln durch Pollen.

8. **Storia naturale degli uccelli nidificando in Lombardia** von den Brüdern Turati und Bettoni. Ein grosses Prachtwerk, welches im Jahre 1865 begonnen, 1868 den ersten Band abschloss und den zweiten begann. Ein Werk, welches zu einem wolthätigen Zwecke herausgegeben wird. Die Abbildungen stellen immer Gruppen von Nest, Jungen und Alten dar, die ersteren sind durchweg gut gelungen, die Alten nach schlecht gestopften Exemplaren meistentheils missglückt. Der Text ist nicht übel, gibt hübsche Mittheilungen über Verbreitung.

9. **Les Oiseaux d'Afrique** de Levaillant critique par Sundevalltraduit par Olph-Galliard. Zwar dankenswerthe Arbeit, doch für die europäische Ornithologie ohne Interesse.

10. **A. v. Pelzeln, Ornithologie Brasiliens.** Ein zwar höchst werthvolles Buch für die Gesammtornithologie, bleibt doch für den speciell europäischen Liebhaber werthlos.

11. **Th. v. Heuglin, Ornithologie Nordostafricas,** verspricht dagegen auch für den exclusiv europäischen Ornithologen ein unentbehrliches Werk zu werden. Denn alle jene ungeheuren Vogelschaaren, die Europa verlassend im Herbste über das Mittelmeer hinübereilen, sie suchen ja zumeist in Nordostafrica eine Herberge. Lange Jahre in den unwegsamsten Ländern umherziehend, wusste der Verfasser mit einer wunderbaren Beobachtungsgabe ihnen ihre Gewohnheiten und Sitten abzulauschen, die sie in dem fremden Lande angenommen hatten. Sein geübtes Auge liess ihn nichts übersehen, jede Eigentümlichkeit scharf erfassen, darum ist seine Ausbeute so überraschend viel reicher als die jedes

früheren Reisenden. Wir können es nur mit grosser Freude begrüssen, dass der Verfasser den enormen Schatz seines Wissens in diesem Buche niederlegt und wir bedauern es tief, dass er dieses leider nicht ohne schwere Opfer bewerkstelligen konnte. Wir empfehlen das Werk einem jeden der das Studium der Ornithologie gründlich betreiben will, da es gleich ausgezeichnet durch Text wie Abbildungen ist. In Betreff der letztern erwähnen wir noch, dass die reizenden Original Landschaftsbilder um ohne grosse Kosten verwerthet zu werden als Hintergrundskizzen der Vogeltafeln gegeben wurden.

12. **Robert Collet Norges Fugle** og deres geograph. Udbredelse i Landet. Separatabdruck aus den Vid Selsk. Forhandlingar 1868. Ist zur Kenntniss der geographischen Verbreitung der norwegischen Vögel und namentlich zur Ergänzung von Wallengreen's Brütezonen (Naumennia 1854-56) von grösster Wichtigkeit.

13. **W. Meves Bidrag till Sveriges Ornithologie** Oefversicht af K. Vet. — Ak. Förhandlingar 1868. Wie alle Arheiten des Verfassers zeichnet sich auch dieses kleine Schriftchen durch grossen Gehalt aus. Es gibt uns eine Uebersicht über die auf Oeland vorkommenden Vögel und ist wie die vorige Arbeit, mit Rücksicht auf die geographische Verbreitung wichtig. Ausserdem bietet es uns schöne Lebensbeobachtungen, Beschreibung von Nest, Eier und Dunenkleid und sogar kritische Notizen.

14. **Altum, der Vogel und sein Leben** blieb schon im Jahre 1868 nicht bei der ersten Auflage stehen und haben wir jetzt (Sommer 1869) schon die 4. vor uns. Man mag den Schlussfolgerungen, der Idee des Buches gegenüber einen Standpunkt einnehmen wie man will. Das sind Sachen jedes Einzelnen, um die sich die ornithologische Wissenschaft nicht kümmern kann. Wenn ein Schriftsteller nebenbei philosophische Schlussfolgerungen zieht, so mag dieselbe ein Phi-

losoph beurtheilen, dem exacten Naturforscher können sie ganz gleichgültig sein. Desshalb erfüllt es uns mit Trauer, dass ein wissenschaftliches Journal, wie es letzthin das von Cabanis diesem Buche gegenüber that, den objectiven Standpunkt verliess und sich auf den tendenziösen stellte. Die wortreiche Entgegnung der Schrift durch die Herren Müller war für das Journal mindestens eine arge Raumverschwendung. Wenn man sich auf den einzig richtigen Standpunkt des Naturforschers stellt, auf den objectiven, so findet man in Altum's Buch eine Fülle eigener, zum Theil neuer Beobachtungen über das Leben der Vögel und auch der erbitterte Gegner seiner philosophischen Richtung wird in dem Buche vieles Interessante finden.

Referat

über Baron Droste's Vogelwelt der Nordseeinsel Borkum.

(Münster. W. Niemann).

Von

H. Kirchhoff MDO. MHN.

Wer nie am Strande der Nordsee oder auf Inseln derselben war,
dem wird es schwer werden, sich eine klare Vorstellung von den
Massen der dort im Frühjahre, Sommer und Herbst sich aufhal-
tenden oder durchwandernden Strand- und Wasservögel zu machen.
Man muss es selbst sehen, in welchen grossen wolkenähnlichen
Flügen sich die verschiedenen Vögel abwechselnd bei Ebbe und
Fluth vom Lande nach den Watten und von da wieder zurück
nach dem Lande bewegen. Es ist dieses, namentlich für den
Ornithologen, der vorher nie am Meere war, ein grossartiger,
Staunen erregender Anblick und erinnere ich mich noch immer,
obgleich seitdem schon über ein viertel Jahrhundert verflossen ist,
mit Freuden dieses ersten Anblicks, der mir beim Betreten der
Oldenburgischen Insel Wangeroog zu Theil ward, wenn gleich die
Vogelwelt auf Borkum und Rottum weit reicher an Individuen ist,
wie auf der genannten Insel und auf dem nahe dabei belegenen
Hannover'schen Eilande Spiekeroog. Der Herr Verfasser hat sich
nun bemüht, dieses Gebahren der Vögel am Nordsee-Strande dem
damit nicht nicht bekannten Leser seines Werks, vorzüglich dem
Ornithologen, deutlich und klar vor Augen zu führen und darf
ich dreist behaupten, dass ihm dieses glücklich gelungen ist.

Das Werk zerfällt in zwei Haupt-Abtheilungen, die die Ueberschriften führen:

„Physiognomie des Borkumer Vogellebens in den verschiedenen Jahreszeiten“.

und

„Systematische Uebersicht der Vögel Borkums“.

Diesen vorangeschickt ist:

„eine topographische Einleitung“

über die Insel Borkum, der eine Karte von derselben zum bessern Verständniss des Gesagten für den mit den Localitäten unbekannten Leser beigegeben wird.

Die Physiognomie des Vogellebens gibt uns ein deutliches und treues Bild von dem Leben und Treiben der Vögel auf der Insel zu allen Jahreszeiten und enthält zu dem Ende einige Episoden aus diesem Leben, nämlich: Besuch bei Ostlands Nistvögeln, Rottum (die benachbarte Vogelinsel), Ebbe und Fluth, Sturmfluth und Entenstrich. Dieselben sind in einer gemüthlichen und selbst humoristischen, erzählenden Weise verfasst und halten das Interesse des Lesers spannend gefesselt. Man erhält dadurch ein lebendiges, wahrhaft getreues Bild von dem Leben und dem Haushalt der dort hausenden Vogelwelt, was übrigens wohl auf allen Nordsee-Inseln allenfalls mit geringen, vielleicht durch die Localitäten bedingten Abänderungen, gleich sein wird.

Sodann folgt die 2. Haupt-Abtheilung, die systematische Uebersicht der Vögel Borkums. Es ist diese Bezeichnung eigentlich unrichtig, denn „Naturgeschichte“ wäre passender gewesen. Systematische Uebersichten von Vögeln, deren es so viele aus allen Ländern gibt, enthalten gewöhnlich ausser dem systematischen Namen nur eine Angabe des Fundorts oder Gegend, wo der Vogel beobachtet worden ist, ohne einer nähern Beschreibung desselben, oder einer Angabe seiner Nahrung, Betragen u. s. w. Dieses ist aber hier nicht der Fall, denn hier wird eine vollständige Naturgeschichte der vorkommenden Vögel gegeben, basirt auf eignen gründlichen Beobachtungen des Verfassers. Einer jeden Species sind meistentheils und besonders bei denjenigen, die in grössern Mengen und nicht vereinzelt vorkommen, ausser einer kurzen, jedoch verständlichen, deutlichen Beschreibung, auch die Maasse verschiedener Körpertheile, sowohl von ♂ wie ♀ in Centimeter beigefügt. Sodann folgt bei denjenigen Arten, die häufig und zahlreich an Individuen auf der Insel vorkommen, eine ausführliche Schilderung ihres Lebens, ihrer Gewohnheiten, sowie ihrer besondern Eigenthümlichkeiten u. s. w., mit einer grossen Genauigkeit und Gründlichkeit, wodurch das Werk einen besondern Werth erhält, indem dadurch manche Irrthümer, die sich hin und wieder in ornithologischen Schriften befinden, berichtigt werden. Bemerkt sei hier noch, dass der Herr Verfasser sich bei den verschiedenen Species und Gattungen der jetzt gebräuchlichsten systematischen Namen bedient hat und das genügt dem Ornithologen von Fach. Ob dieses aber auch dem Laien in der Ornithologie genügend und ausreichend sein wird, denn nicht die ganze ältere und neuere ornithologische Literatur zu Gebote steht, das muss ich dahin gestellt sein lassen. Nützlich und ausreichend für solche ornithologische Laien wäre es zur schnellen Orientirung in einzelnen Fällen vielleicht gewesen, wenn den neuern systematischen Namen, einige ältere Synonymen hätten hinzugefügt werden können. — Ein Auszug aus den Beschreibungen, selbst aus denen von einigen Species, lässt sich nicht machen, würde auch zu weitläufig werden und erscheint für den Zweck dieser Zeilen überflüssig. Man lese nur einige Beschreibungen von verschiedenen Arten, wie z. B. die vom Wanderfalken, *Falco peregrinus*, (p. 53); von der Rohrweihe, *Circus aeruginosus*, (p. 75); vom Steinschmätzer, *Saxicola oenanthe*, (p. 95); vom Steppenhuhne, *Syrrhaptes paradoxus* (p. 124); vom Kiebitzregenpfeifer, *Squatarola helvetica* (p. 141); vom Rothschenkel, *Totanus calidris* (p. 183); von der Geiskopfschnepfe, *Limosa aegocephala s. melanura* (p. 199); vom Alpenstrandläufer, *Tringa cinclus* (p. 249) u. s. w. und man wird finden, wie reich die Beobachtungen des Verfassers sind und welchen grossen Werth sie für den forschenden Ornithologen haben! — Mit Dank ist es auch anzuerkennen, dass der Herr Verfasser die grosse Mühe sich nicht gespart hat, unter Benutzung einer sehr umfangreichen ornithologischen Literatur und unter Anführung der betreffenden Stellen aus derselben bei einzelnen Arten, das Vorkommen derselben auch in andern Ländern und Welttheilen zu constatiren.

Den Beschluss des ganzen Werks macht ein Anhang, betitelt: Vergleichende Uebersicht der an den südlichen Nordseeküsten (Sylt-Holland) vorkommenden Vögel.

Darin wird nicht allein eine Uebersicht über sämmtliche in dem Gebiete vorkommende Vögel, über die Brutvögel sowohl, wie über die Wander- und Irrgäste gegeben, sondern es wird auch ein Vergleich angestellt zwischen den Vögeln des Festlandes und der Inseln einerseits und denen der Nord- und Ostsee andererseits

Zum Schlusse kann ich es nicht unterlassen, ganz freimüthig zu gestehen, dass die vom Herrn Verfasser angewendete neuere, aber bis jetzt noch wenig von Schriftstellern gebrauchte deutsche orthographische Schreibweise (theilweises Weglassen des Consonanten „h" etc.) mich beim Perlustriren des Werks oft störend berührt hat.

Schäferhof bei Nienburg, Anfangs Mai 1869.

Kirchhoff,
K. Hann. Major a. D.

Anlage III.

Ueber die
Formen des Numenius arcuata,
nebst einer
Uebersicht über alle Arten dieser Gattung.
Von
Ferd. Baron Droste. G.D.O; E-M O.N; M.R-W.N. etc.

Hier, meine Herren, sehen sie einen gewöhnlichen Brachvogel *(Num. arcuata)* und zwar einen wirklich ganz gemeinen, wie er in ganz Deutschland häufig vorkommt. Sein Schnabel misst ungefähr $4\frac{1}{2}$ Zoll, doch ist es nicht etwa ein junges Individuum, wie man des kurzen Schnabels wegen glauben möchte. Sein Federkleid ist sehr abgetragen und ich glaube kaum, dass er noch mehr ausgewachsen wäre, wenn er nicht des jähen Todes starb. — Diese 2 aber sind entschieden ganz andere Kerle. Alle Körpertheile sind ungleich stärker, besonders der Schnabel fast noch einmal so lang $(7''$ u. $6\frac{3}{4}'')$. — Sie repräsentiren 2 constante Formen.

Auf meinen jagdlichen Streifzügen an den Nordseeküsten war ich schon vor Jahren darauf aufmerksam geworden, dass die grosse Menge der Brachvögel, die ich jederzeit antraf, sich in 2 Haufen spaltete, welche durchaus verschiedene Lebensweise führten. Grosse Brachvogelhorden langen im Hochsommer aus dem Norden an und nehmen in mächtigen Rotten von 100 und mehr St. ihren Aufenthalt auf dem Watt. Weithin dringt ihr Geschwätz und ihr Schrei, wenn die Flut sie Schritt um Schritt von dort vertreibt.

Wild as the scream of Curlew
From crag to crag the signal flew

sagt W. Scott und fürwahr wild klingt der Schrei, wenn die verdrängten Rotten, landsuchend über das Meer hin ziehen. Auf dem Strande nehmen sie nunmehr Platz und warten unweit der Wassergrenze das Sinken der Ebbe ab. Nur bei stürmischem, unwirtlichem Wetter pflegen sie sich für die Dauer der Hochflut auf die Weiden zurückziehen, um mit der Ebbe abermals zu den Watten zurückzueilen. Ich hatte darum allen Grund, wenn ich sie die Wattbrachvögel nannte.

Die andere Form bezeichne ich im Gegensatz zu diesen mit Landbrachvögel. In kleinen Gesellschaften von 3—5 St. trifft man sie jederzeit auf den ostfriesischen Inseln. Sie besuchen nicht das Watt, sondern stolziren in dem eingedeichten Lande oder auf den Weiden, zwischen den Viehheerden; durchsuchen Kuhfladen, schreiten hinter dem Pfluge drein oder klettern in den Dünen auf und ab. Während ich in den Mägen der Wattbrachvögel nur Crustaceen, vorzüglich kleine Krabben fand, verzehren die andern Regenwürmer und Kerbthiere besonders Dung- und Mistkäfer, welche letztere (*Scarabaeus vernalis, politus et stercorarius*) in den Dünen überaus gemein sind. Die Masse der Wattbrachvögel langt wie gesagt im Hochsommer an und verweilt bis etwa zum October. Im Winter begegnet man nur einer verhältnissmässig geringen Anzahl. April bis Ende Mai ziehen abermals grosse Horden durch und selbst im Juni bis August halten sich geschlossene Flüge davon auf den Watten auf, ohne zu nisten. Zu den Landbrachvögeln gehören alle, welche in unsern Gegenden brüten. Nach beendigter Brut streifen sie familienweise umher und überwintern ebenfalls zum Theil.

Im Laufe der Jahre erlegte ich von beiden eine bedeutende

Menge besonders von den Wattbrachvögeln, von denen ich im vergangenen Spätherbste u. A. etwa 20 St. in Stellnetzen fing. Ich fand, dass man ohne Ausnahme jene sofort von den andern unterscheiden konnte. Die Wattbrachvögel sind stets grösser, in allen Theilen stärker und tragen namentlich einen unverhältnissmässig langen Schnabel. Derselbe varriirte von fast 6 Zoll bis etwas über 7". Das Gefieder der Oberseite ist ein wenig heller. Die Flecken selbst sind lang lanzenförmig. Der Bürzel ist sehr sparsam gefleckt. Die Landbrachvögel dagegen sind von weit schwächerem Körper und tragen einen Schnabel, der selten über 5—5½" hinausgeht. Auf der Unterseite ist der Grund stets getrübt, wogegen die breitlanzettförmigen Flecken an ihren Rändern heller werden und darum tritt die zwar grobe Fleckung wenig hervor. Der Bürzel stark gefleckt.

In Anbetracht, dass die Wattbrachvögel bei uns nur auf dem Zuge erscheinen und zwar zur selben Zeit, wie die nordöstlichen Vögel, die *Totanus glottis*, *Limosa rufa* etc., möchte ich die Vermutung aussprechen, sie heimateten in eben jenen Ländern, seien die nordöstliche Form des unsrigen des Landbrachvogels.

Bekanntlich trennt Schlegel unter dem Namen *major* den ostsibirischen Brachvogel von dem unsrigen. Wenn man die unter diesem Namen im Leydener Museum aufgestellten Brachvögel betrachtet, sollte man in der That glauben, man habe es hier mit einer vortrefflichen Art zu thun. Davon kommt man indess bald zurück, wenn man bedenkt, dass 1) dem Leydener Museum unser vermittelnder Wattbrachvogel fehlt und 2) Schlegel nur die auffallenden, grossen Exemplare Ostsibiriens etc. abtrennt, nicht aber die weniger auffallenden kleinen Wir finden überall, wo der *Num. major* vorkommt, in Ost- und Südasien und in Südafrica eine kleine Form, welche alle Kennzeichen des Gefieders trägt, wodurch sich der *Numenius major* unterscheidet. Diese kleineren nennt aber Schlegel *arcuata*, weil er sie von gewissen Kleidern des unsrigen nicht unterscheiden kann. Der *Numenius major* von Südafrica ist ausserdem verschieden von dem asiatischen. Der erstere nähert sich bedeutend unserem Wattbrachvogel.

Der Brachvogel des Ostens und Südens ist auf der Oberseite heller als der europäische. Die Unterseite ist auf reinem Grunde noch schmaler gefleckt als der Wattbrachvogel, die Flecken arten meist in lineale Schaftstriche aus. Der Bürzel ist stets ungefleckt (bei den africanischen nicht immer), die Oberschwanzdecken mit wenigen Schaftstrichen. Der Schwanz stets heller als beim europäischen, die Wurzelhälfte oftmals gar nicht gebändert, die weissen Bänder 3—5 mal so breit als die schwarzen (beim europäischen gleich breit). In diesen Eigentümlichkeiten stimmen die grossen und kleinen Individuen vollkommen überein, obschon sie in der Grösse weit von einander abweichen, besonders in der Schnabellänge.

	Japan	Java	Nepal	Borneo	Cap d. g. H.
Mundspalte:	14 17_7 —	12_5 18_5 —	12_3 —	19_2 —	17_5 16 C.-M.
Tarsen:	8 8_5 —	7_5 9 —	7_6 —	8_5 —	8_3 8 „

Europäische Exemplare geben uns dagegen folgende Maasse:

	Landbr.	Wattbr.
Mundspalte:	11 12_6 —	16 18_7 C.-M.
Tarsen:	7_5 8 —	8_5 8_5 „

Die Eigentümlichkeit der Zeichnung steht auch nicht so ganz verbindungslos da, denn schon der Wattbrachvogel zeigt manche Annäherung, aber noch weit mehr die Jungen im ersten Herbstkleide. Diese sind auf der Unterseite genau so gestrichelt, wie der *Num. major* und ist der Bürzel nur schwach gefleckt. Auch die Winterkleider der europäischen nähern sich den asiatischen Brachvögeln bedeutend.

Ich kann nicht anders, als alle Formen als zu einer Art gehörig betrachten, zumal beim Regenbrachvogel dieselben Varietäten, aber in umgekehrtem Verhältnisse, wiederkehren. Der *Num. arcuata* lebt in Ost- und Centralasien in einer helleren Form, welche im Winter nach Indien und, wie auch bei andern asiatischen Formen, bis zum Capland hinüber wandert. Beim

Num. phaeopus dagegen lebt im Osten eine etwas kleinere und viel dunklere Form der *Num. uropygialis* Gould, welche sich auf dem Zuge über ganz Ost- und Südasien und über Australien verbreitet und welche ebenfalls zum Capland hinüberstreift. Diejenigen Individuen, welche man im Caplande, also in den westlichsten Winterquartieren der Form trifft und welche deshalb in der Brutheimat der dunklen Form, westlichere Strecken bewohnen mögen als die übrigen, diese nun nähern sich genau, wie beim *Num. major* vom Cap, der europäischen Form mehr als die andern. — Ausser dem wenig bedeutenden Unterschiede der Körpergrösse finden wir nun so charakteristische Merkmale der Zeichnung, dass man nicht einen Augenblick zweifeln kann, welche Form man vor sich habe.

Beim europäischen, dem ächten *phaeopus*, ist die Oberseite, namentlich die Flügeldeckfedern ziemlich breit und scharf hervortretend hell gesäumt und gefleckt. Beim *uropygialis* sind die schmalen nicht reinen Säume lückenhaft und fehlen oftmals ganz. Der Bürzel des ersteren ist rein weiss, die Oberschwanzdecken sparsam längsgefleckt. Der Bürzel des letztern stark nieren- oder herzförmig gefleckt und Oberschwanzdecken gebändert. Die Unterseite des europäischen ist auf reinem Grunde mit scharf hervortretenden, meist schmal lanzenförmigen Flecken versehen, welche auf der Mitte der Brust und am Bauche ganz fehlen. Dagegen trägt die östliche Form auf getrübtem Grunde breite herzförmige Flecke, welche an den Rändern verblassend nicht scharf hervortreten. Auch Brustmitte und Bauch sind in der Regel dicht gefleckt. — Bei all diesen bedeutenden Unterschieden kann dennoch nicht an eine artliche Spaltung gedacht werden, weil die Individuen der östlichen Form auch unter sich zu bedeutend variiren. Die africanischen Exemplare stehen den europäischen am nächsten und die ostasiatischen am entferntesten.

Gewiss wird es Manchem nicht unwillkommen sein, wenn ich hier sämmtliche Arten *Numenius* übersichtlich vorführe.

1. Gruppe. Oberkopf gleichmässig gefleckt.

1) *Numenius longirostris* Wilson.

Grundfarbe der Unterseite, der Unterflügel, des Bürzels, wie überhaupt aller hellen Theile nicht weiss, sondern verwaschen rostgelb. Zwischen Auge und Oberschnabel ein ovaler heller Fleck. Bürzel gefleckt. Grösse wie *arcuata*.

Vaterland: Nordamerica, Zug bis Brasilien.

Bei allen folgenden Arten ist die Grundfarbe der hellen Theile ein mehr oder weniger getrübtes Weiss.

2) *Num. australis* Gould.

Bürzel: dunkel, ungefleckt; Oberschwanzdecken gebändert: Schwanz vorwiegend dunkel, das Weiss stets getrübt; die asiatischen Exemplare tragen rostfarbene Flecken auf der Oberseite. Grösse = *arcuata*.

Vaterland: Ostasien bis Australien.

3) *Num. arcuata* L.

Von Westen nach Osten heller werdend, Bürzel rein weiss bis ziemlich stark längs gefleckt; Oberschwanzdecken längs gefleckt.

Vaterland: Europa, Nordasien; Zug: Africa, Südasien bis Australien.

4) *Num. tenuirostris* Viellot.

Grösse des *phaeopus*. Bürzel reinweiss, Oberschwanzdecken mit einzelnen Drosselflecken. Schwanz auffallend regelmässig gebändert, reinweiss und schwarzbraun. Unterseite auf weissem Grunde breit lanzett- bis herzförmig, scharf hervortretend gefleckt.

Vaterland: Südeuropa, Nordafrica.

II. Gruppe   Oberkopf mit 2 dunkeln ungefleckten Längsstreifen, welche durch eine hellgefleckte Kopfmitte getrennt sind.

a. Fleckenstreif der Kopfmitte verschwindend schmal.

5) *Num. minutus* Gould.

Grösse = *Totanus glottis*. Sämmtlichen Vorder- und Mittelschwingen fehlt die hellbraune Bänderung der anderen Arten,

sie sind einfarbig braun, Bürzel und Oberschwanzdecken dunkelbraun mit hellen Spitzen.

Vaterland: Japan, Celebes, Amboina. Sehr selten.

6) *Num. borealis* Lath.

Schwächer als *phaeopus*, mit sehr schwachem Schnabel. Bürzel:
dunkelbraun mit hellen Säumen. Oberschwanzdecken mit heller
Querzeichnung.

Vaterland: der Norden Amerikas, Zug bis Südamerika.

b. Oberkopfmitte ziemlich breit hellgefleckt.

7) *Num. hudsonicus* Lath.

Bedeutend stärker als *phaeopus*. Bürzel und Oberschwanzdecken dunkelbraun, rostgelblich gesäumt. Schnabel sehr
kräftig.

Vaterland: Der Norden Amerikas, Zug auch im Süden.

8) *Num. phaeopus* L.

Ostwärts dunklerwerdend, Bürzel reinweiss bis starkgefleckt.
Westliche Form stärker als die östliche.

Vaterland: Der Norden Europas und Asiens. Zug: westliche
Form in N.- und W.-Africa u. Kleinasien; östliche: Ost- und
und Süd-Asien, Australien und Süd-Africa.

Ausser diesen 8 Arten kenne ich keine andere und die Zahl
durch Abtrennung der Formen *major* und *uropygialis* zu vermehren,
halte ich für ungerechtfertigt. Ebenso halte ich es für nicht an-
gemessen, den *Ibidorhynchus Struthersii* mit der Gattung *Numenius* zu vereinigen, da ohne ihn die Brachvögel eine in Zeichnung und Färbung fest geschlossene Gruppe formen. Nachstehend
gebe ich die Maasse und zwar aus sehr vielen, von jeder Form
jedesmal die grössten und die geringsten. Sie verstehen sich in
Centimetern.

	arcuata				australis		longi-rostris		hudsonic.		phaeopus				tenui-rostris		borealis		minutus	
	Europa		Borneo	Sumatra	Tasmanien		United States	Mexico	Chili	Surinam	Europa		Sumatra	Batjan	Italien	Egypten	N. Amer.	Brasilien	Amboira	Celebes
Flügel . .	32	29_2	30	29_5	34	29	28	26_3	26	23	25_7	24	25	22_5	25_3	23_5	22	20	18_5	17_5
Schwanz .	11	10_2	10_5	10_5	11_5	10_5	10	10_5	9_5	9	10_2	9_5	9	9	9_2	8_5	7_5	6_6	7_5	6_2
Tarsen . .	8_5	7_5	8_5	8	9_5	8	8_5	7_5	5_5	5_5	6	5_5	6	5_3	6	5_5	4_3	4	5	4_5
Mittelzehe .	4_3	3_6	4_2	4	4_5	4_4	4_3	3_5	3_5	3_5	3_5	3_2	3_4	3	3	3	2_5	2	2_6	2_3
Mundspalte	18	11_5	19_2	13_7	18_5	15_5	19_6	12_2	10_2	7_3	9_5	6_7	9_5	6_5	9	7_8	8_5	5	5_5	4_5

Anlage IV.

Revue der Sterna-Eier.

Von

Baron von König-Warthausen. M.D.O.; M.W.N.

Sterna (Sylochelidon) *caspia* Pall. Eier aus Aegypten, kleiner und rundlicher, graubräunlicher und verloschener gezeichnet als solche z. B. von Sylt. Erinnern ausserordentlich an den südlichen Typus der Möveneier, namentlich an vorgelegte *Larus crassirostris*, Hempr. und *leucophthalmus*, Licht, am rothen Meer, wie umgekehrt die Eier von *L. gelastes*, Licht, seeschwalbenartig in Weise derjenigen von *St. cantiaca* gezeichnet sind; es zeigen sich hierin gegenseitige Berührungspuncte der Sterninen und Larinen.

Der gleichen Gruppe gehören an die mehr nur geographisch zu trennenden

St. (Syloch.) *velox* Rüpp. vom rothen Meer,

St. (Pelecanopus) *Bergii* Licht. von Gaboon,

St. (P.) *pelecanoides* King aus dem indischen Ocean.

Die erstere dieser drei Formen scheint die variabelsten Eier zu haben; sie haben bisweilen beinahe pfirsichblutröthlichen Grund oder auf grünlicher Schale häufig so grobe und dunkle Fleckung wie Alca torda.*) Am kleinsten sind die Eier der *St. pelecanoides*,

---

*) Anmerk. Das Reichsmuseum zu Leyden besitzt etwa 50 Stück Eier der *pelecanoides* vom indischen Archipel. Diese variiren ungemein. Die Grundfarbe wechselt vom reinsten Weiss bis zu einem bräunlichen Lehmgelb und andererseits zu ziemlich gesättigtem pfirsichähnlichen Ton. Dazu sind sie bald dichter, bald sparsam gefleckt und geschnörkelt.
v. Droste.

indem sie zwischen den (grösseren) der *St. velox* und den (kleineren) der *St. affinis* die Mitte halten.

Von der australischen Form, *St.* (P.) *poliocerca* Gld. kennt König lummenartig dichtgeschnörkelte Eier.

St. (Thalasseus) *affinis* Rüpp.

passt in Färbung und Zeichnung zu den vorhergehenden, am meisten zu St. pelecanoides, zu den zarter gezeichneten von St. Bergii und zu mittelfarbigen von St. velox.

St. (Th.) *cantiaca* Gm.

Etwas grösser und gröber als die Eier der vorigen; 50 aus vielen Hunderten ausgewählte, vorzüglich von Rottum, bilden eine wahre Musterkarte der bei Seeschwalbeneiern möglichen Färbungen: alle nur denkbaren Uebergänge vom thurmfalkenartig — dicht — Dunkelrothbraunen, durch grobe und bunteste Fleckungen hindurch bis zum einfarbig Bläulichen.

St. (Gelochelidon) *anglica* Mort.

Schliesst sich eigentlich nur als nächstgross hier an; der Gesammthabitus erinnert am meisten an St. hirundo. König legt nur bayerische Exemplare vom Lech vor, besitzt sie aber auch aus Griechenland und Aegypten; letztere sind die unschönsten: grüngraubraun und ölgrün verwaschen. Droste hilft sofort mit dänischen Stücken aus.

St. hirundo L.

Mag als bekannter Grundtypus für eine Reihe von Arten unterlegt werden. Eines der Eier stammt aus dem Nildelta (*St. nilotica* Hasselquist.)

St. arctica Tem.

In der Grösse mehr variirend als die vorigen Eier, meist gröber gefleckt, grünlicher oder viel brauner; ein kleinstes braunes aus Grönland ist von *St. nigra* kaum zu unterscheiden.

St. Douglasii Mont.

Aus England, Südfrankreich und dem indischen Meer. Nächstverwandt mit *St. hirundo*, feiner im Korn, glänzender und mehr durchsichtig, „wachsartig", häufig markirter gröber und bunter gefleckt.

St. senegalensis Sw.

Von Gaboon. Die Eier stehen genau in der Mitte zwischen denen der *St. hirundo* und der nächstfolgenden Art, haben die mittlere Grösse von jenen aber dunkleren Ton als die meisten von dieser und etwas Glanz.

St. albigena Licht.

Vom rothen Meer. Die grössten kamen den kleineren von *St. hirundo* und *arctica* an Grösse gleich, die blasse Färbung ist ziemlich die von *St. minuta*; nur selten gehen sie aus dem Grauen in's Braune; jeder Glanz fehlt.

St. melanauchen Temm.

Aus dem indischen Archipel; ähnelt *St. albigena*, doch sticht die die Zeichnung lebhafter ab.

St. minuta L.

Ein ägyptisches Ei hat stärker bräunlichen Grund; auch griechische Eier scheinen im Allgemeinen etwas dunkler zu sein als englische, dänische und pommerische; ein südrussisches ist bei bedeutender Grösse stark kugelig, über ein Drittel einer Seitenansicht asch-farben-silbergrau überschleiert und auch sonst merkwürdig gefleckt.

St. superciliaris Vieill. (argentea Wils).

Von den Antillen; hat ein ächtes Zwergseeschwalbenei, etwas kleiner als der unserer Art und mit einem schwach röthlichen Anflug.

St. albigena, minuta und *superciliaris* bilden eigentlich eine Färbungs-Untergruppe. Schroff stechen von ihnen ab die braun- und grüngrundigen, grob schwarzbraun gefleckten Eier von

St. (Hydrochelidon) *nigra* Briss. und

St. (H.) *leucoptera* Schinz.

Die letzteren sind meist die grösseren und grüngrundigeren; an sie schliessen sich diejenigen an von

St. (H.) *hybrida* Pall.

Diese liegen nicht nur von Algerien, sondern auch vom Cap der guten Hoffnung vor; die lebhaftest blaugrüngrundigen sind die aus Astrachan.

Den Beschluss bilden die Genera *Haliplana* (Thalassipore) und *Anous* (Onychopsion, Megalopterus), deren röthliche Eierfärbung einerseits an gewisse erythritische Möven, andererseits — in allerdings nur entfernter Weise — an die Phaëtonteneier erinnert.

St. (Haliplana) *panayensis* Gm. vom rothen Meer und

St. (H.) *fuliginosa* Gm. aus Westindien

haben einigen oder ziemlichen Glanz, blaugrünlichen oder fleischfarbenen Grund, rostfarbene und violettgraue Tüpfeln und Flecken. Die letzteren Eier sind die grösseren.

St. (Anous) *stolida* L. aus Brasilien und

St. (A.) *tenuirostris* Tem. vom rothen Meer

haben keinen oder doch weniger Glanz, ähnliche Grundfarben meist gröbere, spiralig und seitlich verzogene Fleckung, gestrecktere und nach der Höhe zugespitztere Gestalt. Die Eier von *St. fuliginosa* und *stolida* haben ziemlich gleiche Grösse. Wenn bei den Eiern von *St. tenuirostris* der Grund ziemlich blass und das sonst Röthliche der Fleckung sepiabraun erscheint, so ist dieses dem Umstand zuzuschreiben, dass die Exemplare erst nach der Brutzeit als „Guano-Eier" gefunden sind.

Anlage V.

Ein Stück Rohrsängergeschichte.

Von

Oberförster **F. Renne**, MDO.

Wohl ein Jeder von uns hegt für die eine Vogelfamilie ein grösseres Interesse als für die andere, sei es nun, weil er zu ihrer genaueren Beobachtung im freien Leben besondere Gelegenheit hatte, oder sei es, weil besondere schwer zu erforschende Eigenthümlichkeiten derselben sein Studium mehr anzogen. So hat für mich die Familie der Rohrsänger ein ganz besonderes Interesse erlangt, freilich gerade nicht zu ihrem Nutzen, da dasselbe mancher Species manches Ei und Leben gekostet hat.

Ich möchte desshalb hier versuchen, aus meinen Beobachtungen ein kleines Naturbild über die bekannteren Species, hauptsächlich und etwas ausführlicher jedoch von dem Heuschreckenrohrsänger zu entwerfen. Auch abgesehen von meinem Standpunkte glaube ich wohl annehmen zu dürfen, dass jeder nähere Beobachter, zumal, wenn er eine Reihe Species nahe zusammen wohnen und wirthschaften gesehen hat, nicht beanstanden wird, zuzugeben, dass die Familie der Rohrsänger ihrem ganzen Wesen und Betragen nach vielleicht die interessanteste unserer deutschen Vogelfamilien ist. Höchst interessant, zumal für den selbst sammelnden und jagenden Ornithologen, sind schon die Wohnstätten vieler derselben, die Teiche mit ihren ewig säuselnden Wäldern von *Arundo Phragmites*, mit den altersgebeugten malerischen

Kopfweidenrändern, die mit dichtverworrenen Werftweidenbestän-
den, manneshohem *Arundo calamagrostis*, *Phalaris arundinacea*,
Typha, *Butomus umbellatus* und der schönen saftig grünen
Euphorbia palustris bedeckten Sümpfe der Flussniederungen,
deren geheimnissvolles Dunkel über dem ruhigen Wasserspiegel
nur zuweilen den geduldigen Lauscher und Späher die geschickt
zwischen dem Stengelwalde sich hinwindenden Teichhühnchen,
Fulica atra und *chloropus* mit einem muntern Völkchen niedlich
flaumiger *pulli*, oder eine *A. crecca*, *querquedula* oder *boschas*
erblicken lässt, während die dumpfmurksende *Ardeola minuta*
hartnäckig unsichtbar bleibt. Anziehend ist auch der Weiden-
heeger am Flussufer, auf dessen schlank über hohem Gras- oder
Nessel-Walde hervorglänzenden, gelbrothen Weidenruthen *Sylvia
Suecica* ihr munteres Liedchen schmettert, der Fasanhahn in dem
Schlehdorngebüsch kollert.

Nun aber werden diese Rohr- und Weiden-Dickichte recht
eigentlich erst belebt durch verschiedene Species unserer Familie
der Rohrsänger oder Halmschlüpfer, deren auf dem ersten Schein
ungereimtes, sinnloses Gezirp und Geschnarre so ganz zu ihrem
jugendlich leichtsinnigen, unstäten Schaukeln und Springen an den
schwankenden Rohrstengeln passt, das besonders so prächtig har-
monirt zu dem zirpenden, schlürfenden Reiben und Schleifen der
Rohrblätter gegen einander. Und mag der Gesang der munteren
Schaar immerhin weniger melodisch klingen, als der schmachtende
schmelzende Nachtigallenschlag, der vorurtheilsfreie Lauscher vermag auch in ihm eine Regel zu erkennen, vermag, um mich so
auszudrücken, den Ausdruck gewisser Gefühlsstimmungen heraus-
zufühlen. Ich möchte ein solches Concert am liebsten mit dem
bunten Dudelsackgejodel des armen Savojardenknaben vergleichen.

Den Bassisten des Chors macht mit vieler Gewandtheit und
wahrem Künstlertalent der robusteste unter ihnen, der Drossel-
rohrsänger, *Cal. turdoides*, dessen gemessen scharf, fast heraus-
fordernd frech ertönendes „züit, züit, züit, zrip, trock, trock, trock,
ziet“ nah und fern von den erzitternden Rohrhalmen erschallt.

Und jetzt plötzlich in nächster Nähe ein dumpfes „troak", der Angstruf um sein Nest, das kunstreich pirolähnlich aus Grasblättern und Schmielen gebaut, nach unten oft nachtmützenartig lang gezogen, in der drei- oder vierfach verzweigten Gabel oder zwischen mehreren nahe zusammenstehenden oder sich kreuzenden Werftweidenzweigen (was Naumann nie gesehen zu haben bekennt, ich aber mehrfach gefunden habe,), oder zwischen Stengeln von *Epilobium palustre* oder Rohr drei bis sechs Fuss über dem Wasserspiegel eingeflochten steht, wohl verborgen durch die umgebenden Weiden oder das Röhricht.

Gleichsam recht naseweis fällt diesem gesetzten paterfamilias sein Miniaturbild, die kleine *Cal. arundinacea* in die Rede und stimmt mit seinem Geschwätze unwillkürlich lebhaft und munter ein, und vollends beneiden muss man den kleinen Springinsfeld, wenn man wenige Schritte weiter die Wiege seiner Jungen windig und leicht an einigen Rohrstengeln schwanken sieht, indess er selbst ewig beweglich von einem schwankenden Rohre zum andern hüpft, flattert und schlüpft unter dem dunklen Rohrblattdache, zwischen den kerzengeraden, im Wasser gebrochen sich spiegelnden Stengeln.

Schon deutlicher in verschiedene Piecen getrennt, melodischer einige schwache Nachahmungen anderer Vogelweisen in seine lange Strophe einflechtend, trägt *Cal. phragmitis* sein Theilchen zum bunten Concerte bei, sich sorgsam in der Nähe seines zwischen Rohrstengeln, in mächtigen Sumpf-Euphorbienbüschen stehenden, grasmückenähnlichen Nestes haltend. Seine Gesangsweise ist ziemlich übereinstimmend mit dem bunten Gemisch des interessanten Sängers, *Cal. palustris*, nur weniger lang und voll.

Dieser letztere, der Virtuose der Rohrsänger, welcher nebenan auf dem trockneren Heeger aus dem Nessel- oder Epilobien-Dickicht sein, aus Sangweisen vieler Kunstgenossen, wie Braunelle, Bachstelze, Schwalbe, Grasmücke, sogar des Sperlings u. a. angenehm componirtes Lied, ohne Ende vorträgt, weicht von den vorgenannten Arten vielfach ab. Er ist weniger Rohrsänger, als

vielmehr Wallhecken-, Nessel-, Unkraut - oder Getreide-Sänger,
da er nicht den Teich oder Sumpf bewohnt, sondern auf trockneren, unkrautreichen Plätzen, an Wallhecken etc. lebt.

Wenn man den hohen Genuss hat, diese geheimnissvollen
Sänger abwechselnd oder in buntkomischem Gemische concertiren
zu hören, während die Schildkröte mit hellem Pfeifen den Takt
angibt, und wenn in der ruhigen lauen Mainacht ihre Kehlen nicht
verstummen, nur die harten Töne ihrer Weisen sanfter, flötender
klingen, dann fühlt man sich fürwahr auch ohne Nachtigall befriedigt.

An einer Stätte, wo ich mich so oft dieses Genusses erfreute,
wo ich so manche interessante Stunde mit angenehmer Mühe und
Anstrengung im Schlamme und Pflanzengewirr der Sümpfe und
Brücher watete, wurde einst mein Ohr, wie vor 40 Jahren das
der Gebrüder Naumann, zum ersten Male durch das eigenthümliche
Schwirren des Heuschreckenrohrsängers, *Locustella*, überrascht
Es war die vogelreiche Gegend von Lödderitz in Sachsen. Meine
ganzen Musestunden waren nun auf Beobachtung und Erbeutung
dieses, wegen seines sporadischen Vorkommens und seines ver-
borgenen Lebens wenig zu beobachtenden Vogels gerichtet.

Anfangs, es war Mitte Mai, wollte es mir kaum gelingen, den
Vogel einmal zu Gesicht zu bekommen. Näherte ich mich behut-
sam dem Dorn- oder Erlen-Strauche, in welchem er fort und fort
schwirrte, und wartete in nächster Nähe mit Spannung auf sein
Herausfliegen, da harrte ich öfter lange vergebens, und wenn mir
dann doch endlich die Geduld riss, und ich empört über solche
Frechheit den Räthselhaften mit einem derben Fusstritte hervor-
zwingen wollte, so blieb halt Alles beim Alten, es kamen höchstens
einige abgestossene Blätter zum Vorschein. So etwas war mir
noch nicht vorgekommen.

Wenn der Hühnerhund eine Wachtel oder Beckassine stand,
war ich wol einige Male im Kreise herumgegangen, ehe ich das
Wild herausstiess, hier aber dachte ich noch nicht an den Sonn-
tagsjägers - Grundsatz: „Wo nichts d'rin ist, kommt auch nichts

»raus". Bald jedoch, in einiger Entfernung ruhig niederknieend und den bergenden Busch scharf durchspähend, merkte ich dem Escamoteur bald sein Geheimniss ab, denn ich sah ein Geschöpf im Strauche von Zweig zu Zweig herabgleiten und am Boden im Grase verschwinden wie eine Maus, und als ich dann in der Umgebung das Gras, die kleinen Büsche etwas schnell durchstöberte, da flatterte er denn wol hervor, mit fächerförmig ausgespreiztem und abgerundetem Schwanze und mit flatterndem Flügelschlage, um wenige Schritte weiter sich wieder in's Gras oder in ein Sträuchlein zu werfen und zu verschwinden. Und wenn ich dann auch im Augenblicke flinken Sprunges zur Stelle war, er war stets schon flinker wie eine Maus im Grase fortgelaufen, und wieder fünf bis zehn Schritte weiter flatterte er erst wieder auf.

Selten liess sich ein Vogel zu weiterem Fluge verleiten und treiben, einige Male kam es jedoch vor, dass einer vom Bestandesrande sich auf eine Wiese hinaustreiben liess und in einem grösseren Bogen am Rande derselben hinflog, um zum Walde zurückzukehren; der Flug war auch dann stets flatternd, den Vogel in ziemlich gleicher Höhe von 3 bis 5 Fuss haltend, nach meinen Beobachtungen dagegen nicht mit Hebung und Senkung verbunden, wie Naumann angibt.

Ich hätte zu jener Zeit wohl schon manchen der Vögel erlegen können, da ich mehrfach Gelegenheit hatte, den Vogel in einem Strauche sitzen oder allmählig bis zur Spitze eines hervorragenden Zweiges emporsteigen zu sehen, während er mit geöffnetem schnell vibrirenden Schnabel, aufgeblasener Kehle, etwas eingezogenem Schwanze, ohne abzusetzen, zwei bis drei Minuten lang seine ewig gleichen Töne schwirrte oder auch nicht singend herumhüpfte und schlüpfte, aber noch siegte meine Begierde nach der Entdeckung eines Nestes über mein Verlangen nach einem Vogel. Da war nun aber noch eine schwierige Aufgabe zu lösen, eine grosse Geduldprobe zu bestehen. Wohl kannte ich sechs oder sieben höchst wahrscheinliche Niststellen aus dem ständigen Schwirren und Herumtreiben der Vögel ziemlich genau, sodass ich bei manchen sagen konnte: „In diesem Kreise von etwa fünf bis zehn Schritten Durchmesser muss ein Nest sein", dennoch habe ich lange gesucht, auf der ganzen Stelle jeden Grasbusch und jedes Sträuchlein mit Gras durchwachsen durchsucht, ohne Erfolg. Endlich fand ich am 29. Mai am Fusse des Elb-Winter-Deiches, an dem entlang einzelne Gebüsche von Cornus, Schlehen, Rüstern, Massholder u. dgl standen, circa fünf Fuss von einer solchen Buschgruppe in einem Büschel *Phalaris arundinacea*, tief am Boden ein noch unvollendetes Nest aus trocknen Grashälmchen mit vereinzeltem Pferdehaar. Das musste *Locustella* angehören, denn den Vogel hatte ich mehrmals gerade hier herausgestossen und im Holzbusche schwirren gehört. Ein eingeknickter höherer Grashalm zeichnete mir den Punkt zum Wiederfinden. Der Standort dieses Nestes war nur durch den 10 Fuss hohen mit Gras bewachsenen Damm vom Waldbestande getrennt. Andern Tags fand ich diesem gegenüber am Bestandsrande, ebenfalls in einem Grasbusche am Boden ein Nest von *Locustella* mit einem Ei, von welchem ich in der Legezeit das Weibchen abtrieb. Weiterhin fand ich dann noch mehrere Nester, unter andern eines an einer mit Erlbüschen besetzten kleinen Lücke in einem zwanzigjährigen Eichenhochwaldbestande, aber nicht etwa auf der Lücke selbst, wo ich es so lange und oft gesucht hatte, sondern noch vor derselben unterm Eichenbestande, wieder nicht in einem der dort vorhandenen kleinen kaum das Gras überragenden Ausschlagsbüschchen, sondern im reinen Grasbüschel, und zwar wieder auf dem Boden aufsitzend, und nicht handhoch oder doch so von ihm getrennt, dass man hätte die Hand zwischen durchstecken können, ohne das Nest zu verletzen, wie Naumann angibt. Es hätte für diesen Fall ja auch nothwendig das Nestmaterial nach Weise der anderen Rohrsänger mit den Grasstengeln verbunden sein müssen, damit das Nest an diesen hangen konnte; wovon ich nie eine Spur fand; auch war die äussere Fügung des Nestmaterials stets so locker, dass beim Ausheben Theile davon liegen blieben. Noch zwei andere Nester fand ich am Elb-Sommer-Deiche, vom

Waldbestande etwa zehn Schritte entfernt, und davon eines auf
der dem Walde zugekehrten oberen Kante des Dammes, im Grase,
von Sträuchen immerhin mehrere Schritte entfernt, und dieses
sogar in einer schwachen Bodenvertiefung sitzend.

Ueberhaupt, wenn es nicht bekannt wäre, dass dem verdienst-
vollen Naumann bei seinen Angaben über *Locustella* ein mensch-
licher Irrthum unterlaufen ist, so müsste ich annehmen, dass die
Vögelchen mit der Cultur fortgeschritten seien, denn ich habe von
den sieben oder acht Nestern nicht eines gefunden, bei dessen
Suchen ich hätte, wie Naumann, in Dornsträuchern herumkriechen
und die Kleider zerreissen müssen, da sie sämmtlich auf Lücken
oder offenen Plätzen mit wenigen zerstreut stehenden Ausschlag-
büschen im Grase sassen.

Auch habe ich im Verhalten unseres Vogels zu seinem Neste
gegenüber Naumann's Angabe einen grossen Contrast gefunden.
Derselbe sagt: „Nach einem angefangenen oder auch vollendeten
Neste ohne Eier braucht man nicht wieder zu sehen; sie werden
es nie fertig bauen und Eier hineinlegen. Auch die Nester mit
unbebrüteten Eiern verlassen sie häufig u. s. w." Dagegen fand
ich zwei Nester unvollendet, sah häufig nach ihnen und doch füll-
ten sie sich mit Eiern und nahm ich aus zwei andern Nestern täglich
das zugelegte Ei, wodurch ich dem Vogel acht Eier abnöthigte.
Ein anderes Nest wurde beim Grasmähen übermäht und seines
Schutzes beraubt und dennoch brütete der Vogel fort.

Ich sammelte mit der Zeit ungefähr ein halbes Hundert Eier,
von denen in der Regel sechs, seltener fünf in einem Neste be-
findlich waren. Die Eier desselben Geleges sind in der Regel
durchaus gleich, dagegen variiren die verschiedenen Gelege in
Eiform und Zeichnung und lege ich hier zur bessern Veranschaulichung einige nebst einem Neste vor. Die Geschlechter lassen
sich am Gefieder nicht mit Sicherheit unterscheiden, denn gröbere
und feinere Fleckung tragen ♂ wie ♀. Um in den Besitz ganz
unverletzter Bälge zu gelangen, fing ich mehrere Vögel auf dem
Neste, indem ich mich geräuschlos der durch einige geknickte

Halme genau bezeichneten Neststelle näherte und einen Fischer-
hamen recht fest darüber schlug, dass der Vogel nicht unter dem
Eisenbügel fortschlüpfen konnte, wie mir auch einstmals passirte.
Sonst erlegte ich sie mit schwachen Finkendunstschüssen beim
Schwirren oder Hervorflattern vom Neste. Besonders eifrig schwirrten die Vögelchen in den Abendstunden, und als ich einst auf
dem Abendanstande mit dem Kugelrohr der Büchsflinte gerade
einen kapitalen Rehbock niedergestreckt hatte, erlegte ich mit dem
mit Dunst zu diesem Zwecke stets geladenen Schrotlaufe ein
Locustellenmännchen, das nach dem Schusse nur einige Augenblicke verdutzt geschwiegen hatte.

Junge Vögel zu beobachten und zu erhalten, habe ich leider
keine Gelegenheit gehabt.

Meine Freundin *Locustella* hatte ich nach meiner bewegten
Forstkandidaten-Laufbahn nicht sobald wieder anzutreffen gehofft,
an meinem jetzigen Wohnorte in Westphalen jedoch hörte ich
im vorigen Frühjahre an vier oder fünf Stellen den bekannten
Ton wieder, aber meine Hoffnung auf weitere Beobachtungen wurde
vereitelt, indem alle Vögel nach circa 8 Tagen verschwunden
waren. In diesem Jahre stellten sie sich an denselben Plätzen
wieder ein, und ich erlegte am 3. Mai zwei der durchziehenden
Männchen, welche sich sämmtlich an, mit dichtem *Spartium sco-
parium*, langer *Calunna vulgaris* und jungen, 5—6jährigen Kiefern
besetzten Stellen der öden, dürren westphälisch-münsterländischen
Haiden aufhielten, weit von Wasser, Sumpf oder Rohr. Auch
habe ich an meinem gegenwärtigen Aufenthaltsorte (in der Nähe
der demnächstigen Venlo-Hamburger Eisenbahn-Station Haltern)
ein nistendes Pärchen von dem geschwätzigen *Cal. turdoides* auf
einem Mühlteiche wiedergefunden, und werden mir so die ge-
schilderten schönen Erinnerungen des Jahres 1867 alljährlich noch
in etwas aufgefrischt.

Anlage VI.

Die Vertretung
der Vogelwelt im höchsten Norden.

Von

Ferd. Baron Droste. GDO; E-MON; MR-WN etc.

Abermals ist eine Zeit gekommen, in welcher die wissenschaftliche wie die unwissenschaftliche Welt sich für die Erforschung des höchsten Nordens begeistert. Nicht scheut man enorme Kosten, nicht die Gefahr. Man rüstet Schiffe aus und sendet sie in die verlassene Eiswelt, welche den Fremdling mit einer Gastfreiheit, die in Eis und Schnee, in Hunger und Krankheit besteht, empfängt. Doch hohen Muts zieht der Seemann hinaus und der Gelehrte. Er trotzt dem dräuenden Tode, verachtet die Gefahr. Schon zum 2ten Male wandert unser Capitän Coldeway den kalten Weg, hängt sein betresstes Gallakleid an den Nagel und schlüpft als Eskimo in den Eisbärnpelzrock und zieht die Kaputze über die Ohren.

In dieser nordpolfreundlichen Zeit wird es nicht unpassend sein, wenn wir Ornithologen uns vergegenwärtigen, was wir über die Vertretung der Vogelwelt im höchsten Norden wissen.

Eilen wir in Gedanken über die Welten fort bis dahin, wo der Wald nicht mehr gedeiht und versetzen uns auf die Tundra oder in ein tundragleiches Land. Grünlichgrau und braun dehnt sich die Ebene. Grünlichgrau und braun schiebt sich Hügel an Hügel. Nur wo Quellen langsam durch die Mose sickern, spriesst frisch grünes Gras. Packen Schnee und Eis aber

häufen am Nordhang und weichen nicht dem Polarsommer und in
Eis erstarren schattige Ränder der Teiche. — Endlos, unbegrenzt
verliert sich auf der sanftwelligen Ebene der Horizont in uner-
reichbare Ferne, welche uns die Durchsichtigkeit der Luft in
greifbare Nähe führen will. Licht und Schall zittern grenzenlos
aus und unterbrechen nicht die allgemeine, unheimliche Stille.
Oede und einförmig ist die Tundra. Ueberall derselbe halbver-
dorrte Mosrasen. Kein Baum, kein Strauch hebt sich in aufstei-
genden Formen hervor; kein Vögelgesang schmettert darüber hin;
keine Nacht bringt Abwechslung und unterbricht den e i n e n
langen Sommertag, an welchem jenes in Nebelwallen verschleierte
Gestirn, blasses Licht spendet, dem man frech in's Gesicht glotzen
darf und das man Sonne nennen soll. — Sonne — mondartig
und ewig scheinend! Wie der Vollmond stört sie den Fremdling
auf, lässt ihn nicht die Zeit des Schlafes finden. In krankhafter
Aufregung arbeitet der Geist rastlos fort, bis in übermässiger
Nervenspannung ein seltsamer Fieberwahn ihn ergreift. Schon
oft wurde ein Reisender von dem eigentümlichen Reiz der Gegend
bewältigt und fasste folgenschwere, thörichte Entschlüsse. Doch
bald folgt ein graues Gespenst, die Erschlaffung, welche mit heim-
wehartiger Schwermut die Thatkraft lähmt und oft zur Verzweif-
lung trieb.

Nun weiter fort auf die See; was finden wir dort? Ewiges
Eis bannt das bewegliche Nass in starre Formen, ragt Felsklippen
gleich in Zacken und Spitzen aus dem Meere auf. Massig um-
lagert es die Küste des Polarlandes und verwehrt gar oft den
Zutritt, obschon dort sommerliches Gras grünt und Blumen blühen.
Gleich schwimmenden Ländern treiben losgerissene Schollen süd-
wärts und schmelzend erkälten sie südliche Meere. Man traf
treibende Eismassen bis zu 2500 Seemeilen Länge und 840 Fuss
Höhe*). Auch auf dem Lande spielt das Eis eine grosse Rolle·
Der Erdboden thaut niemals vollständig auf. Sogar der Boden

---

*) Petermanns geograph. Mittheilung. 1865 pag. 138.

sonniger Buchten schlummert in füssiger Tiefe in unvergänglichem Eise und an weniger bevorzugten Stellen ruht oft die Mosdecke direct auf demselben. Kein Wunder, dass in diesen Strecken der wärmste Monat oft rauher ist als der Winter zu Edinburgh. Die Durchschnittstemperatur des Monats Juli stellt sich auf Spitzbergen für den nördlichen Theil auf + 2 ° R. und für den südlichen auf + 4 ° R. und Spitzbergen ist, wegen des zudringenden Golfstromes durch ein verhältnissmässig mildes Clima bevorzugt. Das Clima des arctischen America, des nördlichsten Sibiriens und Nowä-Semläs ist ungleich rauher.

Einem Blicke vom Eismeer aus präsentiren sich Inseln und Küsten als Gebirgsländer. Hinter einem schmalen Strande und dürftig-grünen Landstriche reihen sich wellige Hügel und hohe Berge mit schroffen Hängen und Absätzen, mit Schneefeldern und und Gletschern, die bis zum Fusse verlaufen. An andern Stellen ragen steile Felswände direct aus dem Meere auf. Vereinzelte Steinblöcke, Klippen, säulenartige Kegel und kleine Felseilande mengen sich bunt durcheinander und schauen trotzig in die anstürmenden Fluten. Unzählige Meeresvögel umflattern mit wildem Geschrei die Felsen; ruhen auf Absätzen und in Spalten und Tausende ihrer weissen Brüste leuchten in die See hinaus. Am Fusse des Vogelberges, in dem vom Froste abgebröckeltem Schutte der Felsen, dessen Erdreich der düngende Guano erhitzt, dort spriessen einige Decimeter lange Grasbüsche — wahre Riesen der borealen Pflanzenwelt — und zahlreiche Blumen. Im Uebrigen sind diese Felsen kahl und, abgesehen von spärlichen Flechten, durchaus vegetationslos. Ihr grauschwarzes, im Winterfroste zackig zersprengtes Gestein contrastirt mit den Schnee- und Eislagern der Schattenhänge. — Mancher polare Strand gibt dem Golfstrome Gelegenheit ihn mit wertvollen Hölzern der Tropenwelt zu beschenken. Seltsames Geschick, dass der Polarmensch einen grossen Theil seines Brennmaterials aus den versengenden Ländern des Aequators erhält.

Untersuchen wir die Bodenbegrünung näher, so gewahren

wir zahlreiche Arten Mose, aus den Gattungen *Polytrichum*, *Bryum* und *Hypnum*, denen sich eine fast gleichgrosse Menge zwerghaft kleiner Schilfgräser zugesellt. Büsche längerer Gräser oder Binsen steigen nur vereinzelt und halbdürr aus dem Mosteppich auf. Auf den Höhen blickt uns der hellgraue Boden beinahe nackt an, indem verkümmertes Haidekraut, die Rauschelbeere, Hungerblümchen und Rennthiermos (*Andromeda tetragon, Empetrum nigrum, Drabae, Cladonia rangiferina*) ihn nur nothdürftig decken. All' diese Strecken haben ein gelblich braunes Ansehn und nur die quellenreichen Niederungen schmückt ein frisches Grün. Ungeachtet des trübseligen Gesammteindrucks der Pflanzenwelt erschliesst sich auch im höchsten Norden eine Blütenwelt. Wir müssen sie nur zu finden wissen. Die meisten wie die zahlreichen *Draba-* und *Saxifraga-*Arten zeichnen sich freilich durch eine fast unsichtbare Kleinheit aus. An besonders begünstigten Plätzen, in einer Mulde etwa, wo die Sonnenstrahlen doppelt warm scheinen oder wo ein Fuchsbau den Boden erwärmt oder eine Vogelcolonie ihn düngt, da drängen sich zahlreich manche Blumen, die fast mehr Blüten als Blätter aufweisen. So verschiedene Ranunceln, *Potentilla pulchella, Papaver nudicaule, Pedicularis hirsuta* etc. — Im Allgemeinen zeigt die Pflanzenwelt des hohen Nordens eine ungemeine Uebereinstimmung. Von 124 Blütenpflanzen des Taimyr-Landes finden wir 80 in Lappland und 100 in America wieder. Uebrigens treten alle höheren Pflanzen gegen Schilfgräser, Mose und Flechten in den Hintergrund. In Lappland sind Schilfgräser und Mose gleich zahlreich. In Sibirien überwiegen die Mose bedeutend und in den Barrengrounds von Nordamerica liegt das Reich der Flechten. Manche Uebereinstimmung zeigt sodann die Pflanzenwelt des hohen Nordens mit jener der Hochgebirge. So besitzt der Monte rosa 10 Arten, welche auch in Spitzbergen vorkommen. Andererseits verbreiten sich auch manche Pflanzen, die bei uns in der Ebene gemein sind, bis zum höchsten Norden, wie z. B. *Cardamine pratensis, Chrysosplenium alternifolium, Arnica alpina, Ta-*

*raxacum palustre, Pedicularis hirsuta, Caltha palustris, Empe-
trum nigrum, Pyrola rotundifolia* etc.

Scheint uns die Pflanzenwelt artenarm, so ist es die Thierwelt erst recht. Besonders ist die so reiche Klasse der Insecten
dort nur höchst sparsam vertreten. Auf Spitzbergen fand man
nur 15 Arten Kerbthiere; keinen Schmetterling, keinen Käfer,
dagegen Myriaden einer einzigen Mückenart aus der Gattung
Chironomus, welche nebst wenigen andern Dyptern den Menschen
belästigt und ausserdem nur etliche Hymenoptern, eine Biene und
eine Phryganea. Zahlreich sind im höchsten Norden nur diejenigen Thierklassen und Arten vertreten, deren Existenz eng an
das Meer geknüpft ist. Fische, Crustaceen, Mollusken, Quallen
bevölkern die Eismeere in staunenerregender Masse. Säugethiere
und Vögel, welche sich von diesen nähren, treffen wir ebenfalls
in Menge, so Robben, Wale, Möven, Alken etc. Dagegen sind
Landsäugethiere, wie Landvögel gleich selten und in wenigen Arten
vertreten. Von ersteren sind Eisbär, Eisfuchs, Eishase, Rennthier
und einige Mäuse die einzigen Repräsentanten. Die Landthiere
sind meist circumpolar und breiten sich über den gesammten
Norden, wogegen die Wasserthiere des Behringsmeeres von denen
der übrigen Polargewässer verschieden sind.

Laufen wir nun die Reihen der nordischen Vögel durch und
sehen wir was für Gesichtspunkte sie uns bieten.

I. Raubvögel.

Aus dieser Gruppe besitzt der Norden nur wenige Arten und
nur 2 davon dürften wir in einem etwaigen Nordpollande vermuten.

1. Jagdfalk, *Falco candicans.*

Findet sich in 2 Localformen einer grösseren und einer kleineren im gesammten Norden. (Eine 3te kann ich nicht aner-
kennen). Die kleinere, *gyrfalco*, scheint auf den Norden Lapplands Sibiriens und Nowä Semlä beschränkt zu sein. Die andere
soll Spitzbergen besuchen, lebt in Island, Grönland, im arctischen
America und wahrscheinlich auch am Behringsmeer.

2. Schneekauz, *Surnia nivea.*

Ist über den gesammten Norden, vom Dovrefjeld Skandinaviens und von Südgrönland nordwärts verbreitet. Kane sah sie unter 79° n. Br. Malmgreen bezweifelt (wol grundlos) ihr Brüten auf Spitzbergen. Nach v. Baer auf Nowä Semlä nach v. Middendorf am Taimyr. Sie ist nirgendwo häufig.

Die Seeadler gehen ziemlich hoch nordwärts. *Haliaëtos albicilla*, Nordgrönland, Nordcap, Taimyr und Aleuten. *H. leucocephalus* America bis 62° n. Br. *H. pelagica*, Kamschatka und Westamerica.

Von den Eulen sind *Ulula barbata* und *Surnia nisoria* zwar circumpolar in Lappland, Sibirien und America, jedoch gehen sie nicht zum höchsten Norden jener Länder.

II. Singvögel.

Manche Arten gehen zwar bis zum hohen Norden der Festländer, doch mangeln sie dem nördlichsten Grönland, Spitzbergen und Nowä-Semlä, wesshalb ein Nordpolland sie wol kaum beherbergen wird. Dahin zählen u. A. *Saxicola oenanthe* und *Motacilla alba*, welche am Taimyr noch unter dem 75° n. Br. Heimaten. Der nordischste Singvogel ist unzweifelhaft

der Schneeammer, *Plectrophanes nivalis.*

Die Südgrenze seiner Heimat reicht bis zu den Hochgebirgen Scotlands. Von dort an nordwärts ist er überall gemein. Die Nordpolfahrer trafen ihn auf jedem Polarlande, welches die Sommersonne von Schnee entblöste.

Der Birkenzeisig, *Acanthis linaria.*

In regellosen Varietäten in allen Polarländern mit Ausnahme Spitzbergens und Nowä Semläs gemein. A. canescens im weniger strengen Grönland und America ist wol eine gute Art.

Der Rabe, *Corvus corax var. littoralis.*

Hat die gleiche Verbreitung wie der Birkenzeisig mit dem Unterschiede aber, dass er nirgendwo gemein ist.

Die Lerchenammer, *Plectrophanes calcaratus.*

Die Berglerche, *Otocoris alpestris.*

Im nördlichsten Lappland, Nordsibirien und in den Pelzländern Nordamericas.

Wasserpieper, *Anthus rupestris* und *ludovicianus.*

Ersterer in Nordeuropa und Sibirien, letzterer in Nordamerica, Fehlen ausser Spitzbergen etc. auch in Grönland.

III. Hühnervögel.

Nur eine Art den Polarländern eigen, aber in 3 Varietäten.

Das Schneehuhn, *Lagopus rupestris.*

var. Rheinhardtii, Grönland

„ hyperboreus, Spitzbergen.

Ob diese 2 Localformen tiefere Berechtigung haben, lasse ich dahingestellt. Schneehühner observirte man so nördlich man ein Land kennt und werden jedenfalls in einem etwaigen Nordpollande zu Hause sein.

IV. Sumpfvögel.

Mehrere davon heimaten im hohen Norden und manche sogar ausschliesslich darin und dennoch finden wir in den nördlichsten Strecken wie auf Spitzbergen nur 2 oder 3 Arten.

Die Wassertreter, *Phalaropi.*

Von allen Sumpfvögelgattungen ist sie die einzige, welche ausschliesslich der polaren Zone angehört. Die südlichste Art ist *Phal. Wilsoni* von der Westküste Americas. *Ph. cinereeus,* im höchsten Norden Americas, vom Behringsmeer bis Grönland, in Island, Lappland am Taimyr und an der Boganida. *Ph. rufescens.* In denselben Ländern, nur nicht am Behringsmeer. Ausserdem auch auf Spitzbergen.

Die Strandläufer, *Tringinae.*

Bei weitem die Mehrzahl der Arten gehört, wenn auch nicht dem hohen Norden, doch den nördlichen Ländern an. *Tringa cinclus* hat das grösste Vaterland. Vom gemässigten Europa,

Sibirien, America bis zum 75⁰ nordwärts. *Tringa maculata* und *Tr. Bonapartei*, im kalten America. *Tringa acuminata* und *Tr. Damacensis*, Ostsibirien. *Tringa minutilla*, im kalten America. *Tr. minuta* und *Tr. Temminkii*, Lappland und Nordsibirien. *Tringa canutus* uud *Calidris arenaria*, im nördlichsten Skandinavien, Russland, Sibirien, America vom Behringsmeer bis Nordgrönland, fehlen aber auf Spilzbergen und Nowä Semlä.

Der Meerstrandläufer, *Tringa maritima.*

Ist ein ächter Bewohner der *Circumpolar-Region*, der ohne Localformen zu bilden in allen Eismeerländern als Strichvogel zu Hause ist. Er zieht im Winter vielerorts seiner nordischen Heimat nur aus der Länder Innerem an die Seeküste. Er fehlt am Behringsmeer, ist aber im ganzen übrigen Bereiche unserer Region gemein und dürfte zuverlässig in einem Nordpolland zu erwarten sein.

Die Regenpfeifer, *Charadrinae.*

In der ganzen Welt einheimisch, hat diese Gruppe 3 Vertreter im hohen Norden.

Der Steinwälzer, *Strepsilas interpres.*

Durch Newton für Spitzbergen constatirt, bewohnt die übrigen Küsten Nordeuropas, Nowä Semlä, das Taimyrland, Behringsmeer, nördliche Vereinigte Staaten und Grönland.

Der Sandregenpfeifer, *Pluvialis hiaticula.*

Europäische Bucht. Grönland, Spitzbergen Taimyr. Fehlt America und am Behringsmeer.

Der Kiebitzregenpfeifer, *Squatarola helvetica.*

Auf Hochtundren Lapplands, Nordrusslands, im Byrranga-Gebirge 74¹/₂⁰ n. Br., an der Boganida, und in americanischen Pelzländern unter 70⁰ n. Br.

Aus den Gattungen *Totanus, Limosa* und *Numenius* gehen manche Arten bis zum 70⁰ nordwärts; die *Limosa rufa* am Tamyr sogar noch einige Grade höher. Doch kommt keine davon auf Nowä Semlä und Spitzbergen vor. Die Arten America's und Ostsibiriens sind von den europäischen specifisch verschieden.

V. Schwimmvögel.

Schwäne, *Cygni*.

Kane sah seinerzeit unter dem 81° 30′ n Br. Schwäne nordwärts ziehen. Der europäische Singschwan kommt höchst wahrscheinlich nicht in Grönland und im arctischen America vor, sondern der *Cygnus buccinator*. Der europäische *C. musicus* lebt dagegen im ganzen europäisch-asiatischen Norden bis zum Behringsmeere und nordwärts noch auf Spitzbergen, ja man sah dort in den nördlichsten Breiten Schwäne nordwärts wandern. Dass im Norden nur die Varietät *minor* vorkäme, ist nicht hinlänglich verbürgt.

Die Schneegans, *Chen hyperboreus*.

Dem höchsten Norden ausschliesslich angehörend, jedoch auf America beschränkt, von Grönland und von der Melvilleinsel bis zum Behringsmeer.

Die Rothalsgans, *Bernicla ruficollis*.

So nordisch wie vorige, aber auf Sibirien beschränkt. Brütet an der Boganida. Zieht nirgendwo regelmässig durch.

Die Weisswangengans, *Bernicla leucopsis*.

Von dem Vaterlande dieser schönen Gans weiss man so gut wie gar nichts. Sie soll am Ausflusse der Pyasina, in Nordsibirien nisten, vielleicht auch auf Spitzbergen. Wandert in Grönland, Island, Lappland, am Taimyr durch; fehlt am Behringsmeer.

Die Rottgans, *Bernicla brenta*.

Unzweifelhaft liegt ihre Hauptheimat in einem noch unbekannten Nordpollande. Denn obwol allwinterlich enorme Massen dieser Art an den Küsten America's, Europa's und Asiens entlang ziehen, kennt man nur drei Brutterritorien, nämlich das Taimyrland, Nowä Semlä und Spitzbergen. An den Küsten des stillen Meeres stellt sich neben der gemeinen, noch die dunkle Varietät *B. nigricans* ein.

Die Satgans, *Anser segetum*.

In Lappland, Nordrussland, Nordsibirien, Nowä Semlä, Spitzbergen übermässig gemein. Fehlt in Grönland und America.

Die Blässengans, *Anser erythropus.*

In 3 Localformen über die ganze Circumpolar-Region verbreitet. *A. minutus* europäisch-sibirisch-nordisch; *albifrons* dort weniger nordisch, doch ausserdem in Grönland und Ostamerica; *Gambeli* Westamerica und Ostasien. Auf Spitzbergen soll keine derselben vorkommen.

Die Bergenten, *Fuligula marila,*
überschreitet nicht den 70° n. Br. In America wird sie durch die Form oder Art *affinis* vertreten.

Die Schellenten, *Glaucion.*

Gl. islandicum: Island, Grönland, Ostamerica, bis zum höchsten Norden. *Gl. clangula*: Europa und Nordasien bis zum Eismeer, auch America. *Gl. albeola*: America bis zum Behringsmeer.

Die Harlekinente, *Harelda histrionica.*

Liebt reissende Gebirgswasser und stürmische Brandung. In Nordgrönland seltener als in Südgrönland. Arctisches America, Island und mittleres Sibirien.

Die Eisente, *Harelda glacialis.*

Im gesammten hohen und höchsten Norden gemein, wird sie sicher auch jedes zu entdeckende Nordpolland bewohnen. Sie spaltet sich nicht in Localformen. Sie brütet an kleinen Sammlungen von Süsswassern, welche sich nicht selten auf den Inseln finden. Nahrung: Mollusken und Crustaceen.

Die Scheckente, *Polysticta dispar.*
Auf Nordsibirien beschränkt.

Die Königseiderente, *Somateria spectabilis.*
Ersetzt im nördlichsten Grönland und östlich von Nowä Semlä die folgende.

Die Eiderente, *Somateria mollissima.*
In America, Grönland, Island, Lappland und Spitzbergen sehr gemein.

Die Eiderenten gehören der arctischen Zone an und leben vielleicht beide am Nordpol. Ihre Nahrung, Schalthiere, suchen sie ausschliesslich im Meere.

Die Trauerenten, *Oidemiae.*

Ob wir davon eine Art am Nordpol erwarten dürfen, ist mir zweifelhaft. Vielleicht die, scheinbar auf den höchsten Norden America's beschränkte *Oidemia perspicillata.* *Oid. fusca* und *nigra* leben in je 2 Formen in Europa und Asien einer- und America andrerseits und gehen nordwärts, soweit die Festländer hinaufreichen. Auf Spitzbergen fehlen alle 3 Arten. Nahrung: Schalthiere.

Süsswasserenten fehlen im höchsten Norden. *Anas boschas* und *acuta* in Europa, Nordasien und America; *penelope* in Europa und Nordasien; *americana* in America bis gegen den 70° n. Br.

Säger, *Mergi.*

Mergus, albellus, serrator, castor haben die gleiche Verbreitung wie die Trauerenten und fehlen im nördlichsten Grönland, auf Spitzbergen und Nowä Semlä.

Der Cormoran, *Halieus carbo.*

Lebt in allen Theilen Grönlands, sowie am Nordcap. Nicht auf Spitzbergen und am Taimyr. Auf den Kurilen und Aleuten heimaten andere Arten, *bicristatus* et *perspicillatus.*

Die arctische Seeschwalbe, *Sterna paradisea (macroura).*

Nordost-America, Grönland, Island, Spitzbergen, Nowä Semlä, Taimyr sehr gemein, auch auf den nördlichsten Inseln. Im Behringsmeer lebt eine andere Art, die *St. longipennis.* Nahrung: kleine Fische.

Die Gabelschwanzmöve, *Xema Sabinii.*

Die einzigen Brutplätze fand man auf der Melville-Insel, sowie in der Baffinsbai unter 75° n. Br. Diese Art ist überall, selbst in Grönland höchst selten. Auf Spitzbergen noch nicht mit Sicherheit nachgewiesen. In südlicheren Breiten wurden einige als Irrgäste erlegt. Vielleicht Standvögel an einem offenen Polar-Meere.

Die rosenfarbige Möve, *Rhodosthetia Rossii.*

Diese Art kennt man nur aus vereinzelten Exemplaren, die als Irrgäste vorzüglich in nordischen Meeren erhalten wurden.

In der Baffinsbai, im arctischen America, sowie am Behrings-Meere häufiger, als anderswo observirt. Wahrscheinlich liegt ihr Vaterland dicht am Nordpol.

Die Dreizehenmöve, *Rissa tridactyla*.

Sie ist in dem gesammten Norden überaus gemein, so hoch hinauf, als nur Land und offenes Meer zu finden war. Die Drei-zehenmöve des Behringsmeeres trennten Bonaparte und Brandt ab, ich kann aber keinen Unterschied finden, von jener Spitzbergens, oder des Baffinsbai. Nahrung: kleine Fische.

Die Eismöve, *Larus glaucus*.

Wie die vorige, im ganzen Norden sehr gemein, der Burge-meister des Behringsmeeres, *glaucescens*, zeichnet sich durch ein dunkleres Blau des Mantels und durch dunklere grosse Schwingen von denen aller übrigen Polarländer aus. Nahrung: Eier, junge Vögel, Fische, Crustaceen, Schalthiere, Leichen.

Die Polarmöve, *Larus leucopterus*.

Hat die nämliche Verbreitung wie die vorige, jedoch ist sie überall seltener und soll in Spitzbergen fehlen. Auch von dieser Art besitzt das Behringsmeer eine dunklere Localform, den *Larus glaucopterus*.

Die Härings- und Silbermöve, *L. fuscus et argentatus*.

Fehlen nebst all' ihren Localformen nördlich des 71° n Br.

Die Elfenbeinmöve, *Pagophila eburnea*.

Ausschliesslich den höchsten Norden bewohnend. So Nowä Semlä, Spitzbergen und die obere Baffinsbai. Nicht im Behrings-Meer. Halber Standvogel, der sich nur verschlagen in südliche Meere verirrt. Nahrung: allerlei, vorzugsweise Leichen und Weich-thiere.

Die langschwänzige Raubmöve, *Lestris longicauda*.

Im ganzen Polargebiete, stellenweise gemein. Grönland, nördlich vom 70° n. Br.; Melville-Insel; Lappland; Taimyr; Behringsmeer. Malmgreen bestreitet ihr Vorkommen auf Spitz-bergen, jedoch möchte ich an einen Irrtum seinerseits glauben.

Nahrung: Beeren und allerlei Beute, die sie den Seeschwalben und Möven abjagt oder selbst fängt.

Die gemeine Raubmöve, *Lestris parasitica.*

Sie wird im Norden immer seltener und fällt der nördlichste Theil ihres Vaterlandes mit der südlichen Hälfte der Heimat der vorigen zusammen. So in Grönland und America, in Lappland und am Taimyr. Dagegen soll sie gerade auf Spitzbergen brüten. Fehlt im Behringsmeer. Diese Art hält sich mehr auf flachen Inseln oder am Strande, wogegen die vorige das innere Hügelland bewohnt.

Die kugelschwänzige Raubmöve, *Lestr. pomarina.*

Ist angefähr in denselben Gegenden heimisch, aber überall selten.

Der Eissturmvogel, *Procellaria glacialis.*

Im ganzen Polargebiete, meistens sehr gemein. Man traf ihn überall, so nördlich man im Eise vordrang und wird er jedenfalls im ganzen Polgebiet zu finden sein. Im Behringsmeer lebt eine andere Art, *pacifica,* deren ausgefärbtes Kleid dem Jugendkleide der europäischen Art gleicht. Nahrung: vorzugsweise Quallen, Medusen und Leichen.

Die Alken, *Alcidae.*

Alle Arten, ausnahmslos, heimaten im Norden. Sie sind ausschliessliche Meeresvögel, die von Fischen leben und colonienweise in klippigen Felsküsten nisten. Sie sind den nordischen Völkern als Nahrungsmittel sehr wichtig und spielen in den Berichten der Nordpolfahrer eine grosse Rolle. Merkwürdig ist, dass das Behringsmeer eine doppelte Anzahl Arten besitzt als der übrige Norden, jedoch ist nicht anzunehmen, dass diese ausschliesslich im Behringsmeer lebenden Arten bis zum Pol vordringen werden.

Die Gattung *Phalaris*

findet sich einzig im Behringsmeer und in den anstossenden Theilen des pacifischen Oceans. Arten: *pusillus, psittacula, cristatella, superciliosa, cornuta.* *Psittacula* ist 1860 in Schweden erlegt.

Der Krabbentaucher, *Mergulus alle.*

Kane nnd Parry sahen ihn unter dem 80⁰ u. 82⁰ n. Br. zu Tausenden. Brütet in unsäglichen Schaaren auf Spitzbergen, Nowä Semlä und in der obern Baffinsbai. In Mittelgrönland schon selten. Nicht im Behringsmeer, wo die Arten *antiquus* und *Temminkii.*

Der Lund, *Fratercula arctica.*

Im ganzen Norden mit Ausnahme des Behringsmeeres, wo die Arten *cirrata* und *corniculata.* Weniger gemein als voriger.

Die Dickschnabel-Lumme, *Uria arra.*

Märchenhaft gemein im allerhöchsten Norden, aber südwärts, schon in der Region Mittel-Grönlands selten. Ich bin geneigt, sie als polare Localform der gemeinen *Uria lomvia* anzusehen, welche letztere in wenigen hohen Breiten ebenso unaussprechlich gemein ist. Beide Formen im Behringsmeer.

Die Teiste, *Uria grylle.*

Hat die gleiche Verbreitung wie die gemeine Lumme *(lomvia)*, fehlt in der obern Baffinsbai. Das Behringsmeer besitzt ausser ihr noch die Art *Uria carbo.*

Der Alk, *Alca torda.*

Nicht mehr auf Spitzbergen und in der obern Baffinsbai, sowie auch nicht im Behringsmeer. Uebrigens überall wo *Uria lomvia,* doch weniger gemein.

Alca impennis. Einst zwischen Grönland, Island und Spitzbergen. Jetzt ausgerottet

Der nordische Seetaucher, *Eudytes septentrionalis.*

Im ganzen Polargebiete, auch auf Spitzbergen, Nowä Semlä und in Nordgrönland. Im nördl. pacifischen Meer wird diese Art nicht, wie bei den beiden andern Arten, durch eine Localform vertreten, sondern kommt dort unverändert vor. Die 2 andern Arten, *arcticus* und *glacialis* gehen weniger hoch zum Norden.

Wenn man mich nun fragt, welche Vogel-Arten nach meiner Ansicht mit Sicherheit in einem etwaigen Norppollande dürften getroffen werden, so möchte ich folgende Liste aufstellen:

<table>
<tr><td>

1. *Falco candicans.*
2. *Surnia nivea.*
3. *Plectrophanes nivalis.*
4. *Lagopus rupestris.*
5. *Phalaropus cinereus.*
6. *Phalaropus rufescens.*
7. *Tringa maritima.*
8. *Cygnus musicus.*
9. *Bernicla leucopsis.*
10. *Bernicla brenta.*
11. *Anser segetum.*
12. *Anser erythropus.*
13. *Harelda glacialis.*
14. *Somateria spectabilis.*

</td><td>

15. *Oidemia perspicillata.*
16. *Sterna paradisea.*
17. *Xema Sabinii.*
18. *Rhodosthetia Rosii.*
19. *Rissa tridactyla.*
20. *Larus glaucus.*
21. *Larus leucopterus.*
22. *Pagophila eburnea.*
23. *Lestris longicauda.*
24. *Procellaria glacialis.*
25. *Mergulus alle.*
26. *Fratercula arctica.*
27. *Uria arra.*
28. *Eudytes septentrionalis.*

</td></tr>
</table>

Manche Gründe sprechen auch für ein eventuelles Vorkommen von:

<table>
<tr><td>

1. *Acanthis linaria.*
2. *Corvus littoralis.*
3. *Calidris arenaria.*
4. *Tringa canutus.*
5. *Squatarola helvetica.*
6. *Strepsilas interpres.*

</td><td>

7. *Pluvialis hiaticula.*
8. *Chen hyperboreus.*
9. *Glaucion islandicum.*
10. *Somateria mollissima.*
11. *Lestris parasitica.*
12. *Uria grylle.*

</td></tr>
</table>

Anlage VII.

Statuten

der Deutschen Ornithologen-Gesellschaft.

§. 1.

Die Deutsche Ornithologen-Gesellschaft bezweckt die Förderung der Ornithologie, besonders der vaterländischen.

§. 2.

Die Gesellschaft wird vertreten durch einen Geschäftsführer, welcher auf jeder Versammlung, für die Dauer einer Versammlung bis zur nächstfolgenden erwählt wird und auf den Versammlungen den Vorsitz führt.

§. 3.

Der Gesellschaftsführer ernennt beim Antritte seines Postens seinen Stellvertreter selbst.

§. 4.

Jede Jahresversammlung kann einen Beitrag bis zu 1 Thlr. pro Mitglied ausschreiben. Ausserdem werden Jahresbeiträge nicht gezahlt.

§. 5.

Neueintretende Mitglieder zahlen ein Eintrittsgeld von 1 Thlr.

§. 6.

Wenn in 1½ Jahren keine Versammlung ausgeschrieben wurde, sind 3 Mitglieder, welche die vorhergehende Versammlung besuchten, berechtigt eine solche auszuschreiben.

§. 7.

Der vorhergehende Geschäftsführer hat seinem Nachfolger das Eigentum der Gesellschaft abzuliefern.

Ergänzung zum Verzeichniss der Mitglieder.

Es traten der Gesellschaft im laufenden Geschäftsjahre als Mitglieder bei:

1. Herr Frhrr. v. Schilling, Grossherz. Bezirksförster Kirchzarten bei Freiburg i. B.
2. „ Frhrr. v. Droste, Kerkerinck, Schloss Stapel bei Münster i. W.
3. „ „ M. v. Droste, Hülshoff, Nottuln bei Münster.
4. „ Ferd. Reune, Oberförster, Schloss Lembeck bei Wulfen in Westfalen.
5. „ Padberg, Oberförster, Münster.
6. „ B. Hötte, Kaufmann, Münster.
7. „ Windau, Präparator und Naturalienhändler, Münster.
8. „ Dr. Teuckhoff, Gymnasiallehrer, Paderborn.
9. „ Frhrr. Edmund von Hövel, Herbeck bei Hagen
10. „ J. P. van Wickevoort, Cremmelin, Direct. van de Maat- schappy der Wetensch. te Haarlem.
11. „ Föppel, Herz. Kammersänger, Dessau.
12. „ Graf Schlippenbach, Rittmeister, Cassel.
13. „ Th. Fischer, Cassel.
14. „ Dittmer, Königl. Forstmeister, Königsberg in Preussen.
15. „ Rüppel, Regierungsrath, Königsberg.
16. „ v. Kujava, Oberförster, Puppen bei Königsberg.
17. „ Frhrr. M. v. Droste-Hülshoff, Reg.-Assessor, Königsberg.

Leider hat die Gesellschaft auch 2 Mitglieder durch den Tod verloren:

Herrn Reine, Ober-Appell-Gerichts-Rath, Halberstadt.

„ Hintz, L. Förster zu Schlosskämpen in Pommern.

Letzterer, ein überaus thätiger Ornithologe, ist jedem Leser der Naumannia und des Journals durch seine Berichte aus Pommern bekannt geworden. Ein werthvolles reiches Material über die Wanderungen der Vögel liegt in diesen Berichten, doch war es der Hand unseres Collegen nicht mehr vergönnt, es zu ordnen und zu verwerthen.

In Erwägung, dass kein Jahresbeitrag erhoben wird, wurde es für gut befunden, den ausführlichen Bericht nur denjenigen Mitgliedern gratis zu liefern, welche persönlich theilnahmen. Dagegen kann derselbe zu einem billigen Preise im Buchhandel bezogen werden.

Der Geschäftsführer:

Ferd. Baron Droste,

Schloss Hülshoff bei Münster in Westfalen.

Bericht

der XVII. Versammlung

der

Deutschen Ornithologen - Gesellschaft

am 18.—21. Mai

Cassel — Münden.

Vom

Geschäftsführer der Gesellschaft.

Preis: 10 Sgr.

Verlag von Theodor Fischer in Cassel.

Enthält ausser dem allgemeinen Berichte über den Gang der Verhandlungen: •